KB070722

구름꽃이

싱어송라이터
윤슬로에세이

허밍

목차

Chapter 2 비구름

Chapter 3   뜬구름

Chapter 4 조각구름

Prologue

오늘 당신의 하늘에는 어떤 구름이 떠 있나요?

늘 하루의 배경을 장식하고 있지만 붙잡아 두지 않으면 어느새 흘러가 버리는 구름같이 때로는 둥실둥실하기도, 뽀송뽀송하기도, 새털처럼 가볍기도, 물에 젖은 솜이불처럼 축축하고 축축 늘어지기도 하는 삶의 순간들을 글과 사진, 그리고 노래에 담아 이 책 속에 차곡차곡 꽂아 보려 합니다.

누군가에게 읽힐 글을 쓴다는 것이 여전히 낯선 저희 두 사람입니다. 도대체 어떤 분이 어떤 연유로 이 책을 읽게 되실지, 또 읽으면서 어떤 표정을 하실지 상상해 보면 여전히 조금은 겸연쩍기도, 설레기도 하네요. 어쩌면 저희와의 특별한 인연으로, 어쩌면 그저 얼떨결에, 이 책을 펼쳐 보게 된 당신이 이 책을 덮고 나서는 구름을 바라보고 싶은 기분이 들면 좋겠습니다.

조금은 어설플지 몰라도, 용기 내어 당신에게 건네고 싶은 저희의 마음과 목소리를 구름에 담아 당신의 하늘에 띄워 드릴게요.

2023년 가을의 문턱에서

윤슬로

Chapter 1

꽃구름

복사꽃 살구꽃 환한 속에

구름처럼 꽃구름 환한 속에

자전거만 있다면
이지윤(Zooni) 싱글, 2022년 3월 3일 발매

창밖을 내다봤더니

어느새 봄이 왔어

지금 자전거를 탈 때야

나는 바퀴를 구르고

초록 바람은 나를 스쳐 지나가

파랑 하늘 바라볼 때면

노란 태양이 주인공으로 날 비춰 줘

그 기분을 너도 느꼈으면 좋겠다

자전거만 있다면

우리 같이 갈래

잠시 멈춰 서서 바라만 봐도 좋아

덧없이 맑은 색을 보러 가자

너와 나는 분홍빛으로 달릴 거야
자전거만 있다면 우리 함께 가자
도심을 달려 봤더니 어느새 숲속이야
이런 기분은 참 좋아 진짜 좋다
우린 강가를 따라서
초록 바람은 우릴 스쳐 지나가
파란 강을 바라볼 때
별이 쏟아진 듯 반짝이며 우릴 반겨 줘
이 기분을 너도 느끼고 있을 거야
같은 맘이라면

잠시 멈춰 서서 바라만 봐도 좋아
덧없이 맑은 색을 보러 가자
너와 나는 분홍빛으로 달릴 거야
자전거만 있다면 우리 함께

함께 발을 맞춰 어디든 가는 거야
시원한 바람 따라 달려 보자
너와 나는 노을빛까지 달릴 거야
자전거만 있다면 우리 함께 가자

자전거만 있다면

독일로 유학을 간 지 2년 정도 되었을 무렵, 나는 해외 생활의 무료함과 외로움을 느끼게 되었다. 석사과정을 위해 독일 전역을 돌아다니며 시험을 봤지만, 계속해서 실패의 좌절을 느끼며 자존감과 자신감이 소리 소문 없이 조용하게 가라앉고 있었다.

독일의 날씨는 주로 흐린 날이 많아서 날씨의 영향을 받아 우울감을 느낄 때가 많았고, 또 한국처럼 즐길 거리가 많은 나라가 아니기 때문에 밖에 나가길 좋아하던 나는 자연스럽게 집순이가 되어 갔다.

우울함이 날 잡아먹을 것 같아 무서웠던 어느 날, 나는 자전거를 타야겠다고 생각했다. 금방이라도 터져 버릴 것처럼 부풀어 오른 부정적인 마음들이 강가를 달리며 마주친

숲의 푸릇함과 강 위의 윤슬, 그리고 여유롭게 강아지와 뛰노는 아이들 덕분에 편안해졌다.

나는 나무들이 더 많은 숲길로 들어갔다. 항상 가던 그곳의 냄새와 색들이 그날따라 더 생생하게 느껴지며 자연이 주는 위로에 감사함을 느꼈다. 그 순간을 만끽하고 싶었던 나는 자전거를 세워 두고 벤치에 앉아 충분한 시간을 보내며 세상에 없던 노래를 흥얼거렸다. 집으로 돌아와서 아이폰 기본 앱에 있던 가라지 밴드를 만지작거리며 노래를 만들게 되었다. 그 노래가 바로 〈자전거만 있다면〉이다.

그렇게 만든 노래가 음원이 되어 나오게 될 거라고는 상상도 못 했다. 잠시 한국에 나왔을 때 슬기 언니를 만나 음악 얘기를 나누다가 언니가 나에게 혹시 독일에서 만든 노래가 없냐고 질문을 했다. 언니가 어떻게 알고 물어보는 건가 싶어 신기했다. 나는 작곡 전공을 한 언니에게 들려주기가 망설여졌지만, 용기를 내 들려줬다. 언니는 내 생각과는 다르게 많은 칭찬을 해 주며 이 노래를 음원으로 만들어 보자고 제안했고 언니의 많은 도움으로 누군가에게 들려줄 수 있는 노래가 되었다.

당신이 이 노래를 듣는다면 자전거를 타고 숲으로 들어가 그곳을 마음껏 누비는 상상을 하시면 좋겠다.

그 상상 속 당신만의 숲에서 위로를 얻기를...

자슬라와의 추억

혼자서 여행할 때는 평소에 하지 않던, 굳이 할 필요가 없던 것들을 한다. 버스 기다리기, 걷기, 걷다가 비 맞기, 자전거 타기 등... 늘 지하 주차장만 오가느라 1층 입구에 있는 우편함의 우편물을 한 달씩 찾지 못할 만큼 가까운 거리도 차를 끌고 다니는 것이 익숙해진 나는 여행지에 와서 속도를 늦추는 것만으로도 일상에서부터 한 걸음 벗어난 것을 느낀다. 그 낯섦을 느끼고자 기꺼이 불편함을 감수한다.

지난번 혼자 제주에 왔을 때는 세화 시장에 있는 오래된 자전거포에서 5만 원을 주고 중고 자전거를 하나 샀다. 낡았지만 선명한 하늘색의 자전거였다. 녹슨 체인에 기름칠을 하고 '자슬라'라는 이름도 붙였다. 나와 자슬라는 2주간 제주 동쪽 구석구석을 누볐다. 어떤 날은 세화에서 하도리, 종달리를 거쳐 광치기 해변까지. 어떤 날은 평대리, 한동리, 월

정리를 지나 에메랄드빛 김녕 바다까지. 파란 하늘, 부서지는 파도, 핑크빛 석양을 보며 바닷길을 달릴 때면 더할 나위 없다는 말이 무슨 뜻인지 알 것 같았다. 목적도 계획도 없이 그저 반복해서 페달을 밟으며 온몸으로 햇빛과 바람을 맞는 일이 내게 얼마나 큰 기쁨을 주던지... 달리다 힘들면 멈춰서 쉬고, 예쁜 풍경은 사진에 담고, 예상치 못한 곳에서 숨겨진 카페를 발견하면 주차 걱정 없이 들어갔다. 혼자만의 여행이 조금은 고독할 것이라 예상했던 것과 달리 최고의 여행 친구 자슬라 덕분에 좋은 추억을 많이 만들었다.

여행의 마지막 밤, 당근 마켓을 통해 하도리 근처에서 게스트하우스를 운영하시는 분께 저렴한 가격에 자슬라를 넘겨드렸다. 이름 모를 누군가도 이 아름다운 섬을 자슬라와 함께 누비며 행복한 시간을 보내길 바라면서.

풍경

더끄 싱글, 2022년 11월 11일 발매

오늘 그대와 내가 함께 선 이 순간
모든 게 온통 새롭게만 보여요
흐린 날에도 난 햇살을 느낄 수 있어요
어두운 밤에도 난 별들의 속삭임을 들을 수 있어

그대의 그 숨결이 바람에 실려
나의 풍경 속으로 불어와
아름다운 빛으로 일렁이네

이제 서로의 어깨에 기대 그렇게 가만히
같은 풍경을 바라보며 함께 물들어 갈까요

슬픈 날에도 희망을 노래할 수 있어요
지친 하루 끝에 찬란한 노을빛을 꿈꿀 수 있어

그대의 그 숨결이 바람에 실려 나의 풍경 속으로
불어와 아름다운 빛으로 일렁이네

이제 서로의 손을 꼭 잡고 그렇게 나란히
같은 계절을 걸어가요 우리

사랑한다는 것
같은 풍경을 바라보는 것

풍경

어느 날, 직장 동료이자 유튜버이신 더끄 님이 노래를 하나 만들어 달라고 했다. 지인들, 구독자님들의 결혼식에 가서 축가를 부를 일이 많다 보니 축가로 부르기 좋은 노래였으면 좋겠다고. 그렇게 우리의 '축가 만들기 프로젝트'가 시작되었다. 미혼인 내가 결혼에 대해 뭘 안다고 남의 결혼을 축하하는 노래를 만들 수 있겠는가 싶다가도 결혼 생활의 현실을 모르기에 온전히 축하하는 마음을 담은 노래를 만들 수 있지 않을까 하는 생각에 이르렀다.

노래 속 두 사람은 서로의 손을 꼭 잡고 같은 풍경 속을 함께 걸어가자고 약속한다. 사실 나는 가사를 쓰는 내내 결혼하는 젊은 연인이 아닌 같은 풍경을 바라보고 서 있는 백발의 노부부를 생각했다. 그들이 바라보고 있는 풍경은 긴 세월 그들이 함께 걸어온 길이다. 그 길은 때론 숲길, 때론 오솔길, 때론 꽃밭, 때론 가시밭길이었으리라. 그 길 위로 번져 가는 오색 빛깔 석양은 수많은 낮과 밤, 수많은 계절을 보내며 눈물로, 웃음으로 함께 덧칠해 온 색이다.

이제 막 같은 풍경 속으로 걸어 들어가려는 두 사람이 오래오래 같은 곳을 바라보기를. 그리고 오랜 세월이 지난 어느 날, 함께 걸어온 그 길을 돌아보며 "우리 참 수고했다. 곁에 있어 줘 고맙다." 얘기하는 날을 맞이하기를 바라는 마음을 담았다. 그 마음을 아름다운 목소리로 표현해 준 역시 미혼인 더끄 님에게 감사한다.

생텍쥐페리는 사랑은 두 사람이 마주 보는 것이 아니라, 함께 같은 방향을 바라보는 것이라고 했다. 하지만 누가 정답을 알겠는가. 어떤 날은 마주 보고, 어떤 날은 같은 곳을 바라보며 그저 서로가 서로의 풍경이 되어 살아가면 되지 않을까?

여름의 선물

독일에서 날씨가 좋은 날 기차를 타면 목적지에 도착해서도 내리지 않고 조금 더 가고 싶을 때가 있다(그렇다고 정말 목적지를 지나서 내린 적은 없다). 시원하게 큰 창문을 바라보면 사진을 찍을 새도 없이 예쁜 풍경들이 지나가 버린다. 그 예쁜 풍경들을 눈에 담아 보려고 나는 눈동자를 이리저리 굴린다.

유럽에 여름이 다가오면 마치 '내가 걸어 다니는 날씨 요정인가?' 하는 착각이 들 만큼 최상의 날들이 며칠씩 이어진다. 깨끗한 하늘에 파란색 페인트를 부은 듯 색이 선명하다. 이런 날에는 여기저기 구석구석 안 가 본 길도 다녀 보고 익숙했던 길에서는 그동안 발견하지 못한 낯선 건물의 장식들이 발견된다.

이 나무의 키가 이렇게 컸었나? 저 새는 처음 보는데? 자연만이 만들 수 있는 색의 조합을 보며 영감을 듬뿍 받은 작가같이 마음이 부푼다.

독일의 여름은 "긴 겨울을 잘 견뎌 냈어!" 하고 나를 뜨겁게 다독여 주는 화려한 선물 같다.

나의 늦은 아침 ♫

유치찬란 EP 〈찬란한 하루〉, 2021년 11월 23일 발매

왜 그런 날 있잖아
노오란 햇살이 조용한 나의 방을 가득 채우고
알람도 없이 저절로 두 눈이 떠지고 (하아~)
기지개를 펴네

왜 그런 날 있잖아
시간은 어느새 오전의 끝 오후의 문턱이지만
서두를 것 없이 그대로 두 눈을 비비며 (하아~)
이불 밖은 위험해

그러다 좋아하는 에그 샌드위치 하나
아이스 아메리카노 한 잔 주문하고
머리맡에 읽다 잠든 책장을
다시 펼쳐 보는 그런 날

왜 그런 날 있잖아

자유유유유유
It's so sweet like honey

약속도 하나 없어 마침
꿀맛 같은 나의 늦은 아침

여유유유유유
It's better than make money
월급날은 멀었어도 아직
여유로운 나의 늦은 아침

좋아유유유유유 신나유유유유유
왜 그런 날 있잖아
왜 좋잖아 그런 날

나의 늦은 아침

　지금은 '윤슬로'라는 팀에서 지윤이와 함께 음악 활동을 하고 있지만, 그보다 먼저 직장 동료들과 함께 만든 '유치찬란'이라는 팀에서 두 개의 미니 앨범을 발매했었다. '유치찬란'은 그 이름처럼 나이가 들어도 기꺼이 유치하고 싶고, 작고 소박한 것 속에서 찬란함을 찾고 싶은 마음 맞는 동료들이 모여 만든 팀이다. 별생각 없이 웃고 떠들고, 직장 생활의 푸념도 늘어놓던 시간들이 첫 번째 미니 앨범 〈신호등〉에 고스란히 담겨 있다.

　신호등의 빨간불, 초록불, 노란불에 각각 기다림, 출발, 망설임이라는 의미를 담아 세 곡을 만들었다. 직장에서 점심시간에 모여 후다닥 녹음하고, 앨범 아트워크도 내가 직접 그림판으로 그렸을 만큼 서툴지만 풋풋함이 묻어나는 앨범이다. 함께 노래를 만들고 부르는 모든 과정이 순수하게 즐겁고 또 즐거웠다.

그 첫 번째 미니 앨범이 기회가 되어 세종시 문화관광재단의 지원을 받아 두 번째 미니 앨범 〈찬란한 하루〉를 발매할 수 있게 되었다. 〈찬란한 하루〉에는 네 명의 멤버들이 각자 하루에서 가장 좋아하는 순간을 골라 그 시간에 대한 네 곡의 노래를 만들어 담았다.

내가 좋아하는 시간은 늦은 주말 오전 시간이다. 그래서 노래 제목도 〈나의 늦은 아침(11:57 a.m.)〉이다. 알람도 없이 저절로 눈이 떠질 때까지 푹 자고, 잠이 깨고도 침대에 누워 한껏 뒹굴거리는 주말 오전은 얼마나 달콤한가? 아, 이 글을 쓰며 상상해 보니 지금 당장 침대에 눕고 싶어진다.

이 노래의 가사는 거의 민간인 사찰 수준으로 나의 주말 아침을 표현하고 있다. 후렴부의 "좋아유~신나유~"에는 충청도 출신인 나의 정체성도 담고 있다. 그리고 마지막 부분에는 대학 시절 비타민 같은 무한 긍정 에너지로 나의 아침을 깨워 주던 룸메이트, 부산 MBC 정경진 아나운서의 목소리가 담겨 있다. 좋아하는 시간, 좋아하는 공간, 좋아하는 음식, 좋아하는 친구의 목소리가 담겨 내게는 특별한 노래이다.

요즘은 주말에도 일정이 있는 날이 많아서 누구의 방해도 없이 이런 여유를 만끽할 수 있는 주말 아침이 더없이 간절하다. 그러고 보면 행복이란 게 뭐 별건가 싶다. 이불 덮고 누울 공간과 아무 생각 없이 뒹굴거릴 반나절의 시간만 있다면 행복할 이유는 충분하다.

이 글을 읽으시는 분들도 가끔은 꿀맛같이 달콤한 게으름을 즐길 수 있는 아침을 보내시기를 바란다. 힘든 한 주를 버텨 낸 당신은 그런 주말 아침을 누릴 자격이 충분하시다.

아침 행복

아침에 일어나 커튼을 젖히고 창문을 활짝 열어 새들의 노랫소리를 들으며 행복을 채운다. 책을 읽다 커다란 창문 쪽으로 고개를 돌려서 풍경을 바라보며 행복을 채운다. 간단한 아침 메뉴로 신선한 주스를 만들어 마시며 행복을 채운다. 요가 매트 위에서 굳어 있던 몸을 쫙쫙 피고 개운함을 느끼며 행복을 채운다.

나의 아침은 하루치의 행복을 채우는 시간이다. 힘들고 외로운 날이 나를 무너지게 하려 해도 매일 아침 채워 둔 작은 행복들이 면역을 만들어 나를 잡아 준다.

당신의 오늘은 어떤 감정으로 채워져 있나요?
내일 아침이면 행복의 감정이 가득 채워지기를 바랄게요.

구름 맛집

하루 중 제일 좋아하는 시간은?

늦잠 자고 일어나 맞이하는 주말 늦은 오전이 좋다고 노래도 만들었지만, 평일 기준으로 나의 대답은 퇴근 시간이다. 직장인이라면 나와 같은 생각이지 않을까? 나보다 월급을 두 배 정도 받고, 사내 복지가 훌륭한 직장에 다니시는 분들이라면 나만큼 퇴근의 기쁨이 크지 않으시려나. 아무튼 나의 답은 퇴근 시간이다. 그 시간은 요일에 따라 다른데 아직 해가 떠 있는 시간일 때도 있고, 달과 별이 떠 있는 시간일 때도 있다. 후자일 경우 나는 조금 더 피곤한 상태로 일터를 나서지만, 중요한 것은 집에 간다는 사실이므로 두 경우 모두 기쁘다.

나의 일터가 제공하는 복리후생 중 가장 만족스러운 것

은 바로 풍경이다. 호수공원, 중앙공원, 수목원까지 이어지는 커다란 공원들과 맞닿은 곳에 있는 나의 일터는 시시각각 멋진 경치를 제공한다. 특히 퇴근길에는 4층에서부터 한 층씩 계단을 내려오며 창문으로 보이는 호수의 풍경, 출입문을 나서며 건물 등지고 정면을 바라볼 때 시야를 가리는 건물 하나 없이 드넓게 펼쳐진 파란 하늘과 뭉게구름을 만끽할 수 있다. 아파트가 빼곡하게 들어선 신도시에서는 좀처럼 찾기 힘든 구름 맛집이다. 조금 늦게 퇴근하는 날의 핑크빛 석양도 아름답다. 거기에 퇴근하는 자의 즐거움이라는 필터가 덧씌워져 세상 둘도 없이 근사한 풍경이 된다.

그렇게 매일 주차장까지 걸어가는 1~2분 남짓한 짧은 순간에 바라보는 멋진 하늘로 근로자의 힘들고 지친 마음이 조금은 누그러지는 경험을 한다. 이러한 경험은 갑갑한 일상에서 낭만을 잃지 않고 살아가는 데 작지만 확실한 보탬이 된다.

그러니 다들 하루에 한 번은 고개를 들고 하늘을 봅시다.

미라클 이브닝

얼마 전 중·고등학교 생기부를 찍어 인증하는 것이 유행이라길래 나도 정부24 사이트에서 생기부를 발급받아 보았다. 내 생기부에 예상치도 못한 '근면 성실'이라는 키워드가 적혀 있는 것을 보고 나조차도 경악을 금치 못했다. 담임 선생님께서 나를 잘 관찰한 것이 맞다는 전제하에 그 시절 나는 적어도 근면 성실 코스프레를 무리 없이 잘 해냈던 것 같다. 나는 그 모든 공을 엄마에게 돌린다. 엄마도 마땅히 그래야 한다고 생각할 거다.

그 시절, 매일 아침 5단계의 걸친 대작전이 펼쳐졌다.
1단계-흔들어 깨우기, 2단계-소음 공격, 3단계-이불 걷기, 4단계-창문 열기, 5단계-스프레이로 얼굴에 물 뿌리기.
5단계를 거치고 가까스로 3분의 1 정도의 정신머리만을 챙겨서 헐레벌떡 학교에 가곤 했다. 4단계와 5단계는 F/W

시즌에 특히 효과적이었다. 아파도 학교에는 가야 했던 시절이었기도 했지만 매일 아침 벌어지는 작은 전쟁 덕분에 개근상까지 받으며 졸업할 수 있었다.

　30대의 나는 여전히 아침에 일어나는 것이 힘들다. 혼자 사는 지금은 휴대폰 알람이 엄마의 역할을 대신해 주고 있는데 여전히 5분 간격으로 5단계는 거쳐야 겨우 일어난다 (당장 일어나 나가지 않으면 진짜 망하는 시간이 5단계다). '근면 성실', '빨리빨리'를 최고의 가치로 여기는 대한민국 국민으로 살며, 아침마다 일어나기 힘든 내 자신이 스스로 부족하고 한심한 존재로 느껴질 때가 많았다. 주중에는 어찌 되었든 일어나 출근을 해야 하니 어쩔 수 없지만 주말에는 늦게까지 뻐팅기다 대낮까지 늘어지게 자고 싶은데 그마저도 조금의 죄책감이 들 때가 있다. 범국가적 가스라이팅의 결과이다.

　그러다 몇 년 전, 병원에서 검진을 하고 나서 의사 선생님이 어찌 아신 건지 "아이고, 아침에 일어나기가 힘드시죠?" 라고 하시는 것이 아닌가? 내가 아침에 일어나기 힘든 건 게으르기 때문이 아니라 낮은 수면의 질과 저혈압의 영향이 있다는 것이다. 그 목소리가 광명 같고 복음 같았다. 얼마나 큰 위안이 되었는지 모른다. 그리고 얼마 전 재미 삼아 했던 유전자 검사에서도 '저녁형 인간'이라는 결과가 나온 것을 확인한 나는 (스스로에게) 더 당당해졌다. 그래, 나는 그냥 이렇게 타고난 거야. 유전자가 그렇다는데 어쩌겠어?

이런 유전자를 갖고 태어나서 어언 30년을 아침마다 일어나 밖에 나가는 삶을 살고 있는 내 자신, 기특하구나! 의학과 과학의 발전 덕분에 나의 억울함은 해명의 기회를 얻게 되었고, 그간의 핍박들로부터 조금의 자유함을 얻게 되어 다행이지 싶다.

누구에게나 동일하게 24시간이 주어진다. 누군가 미라클 모닝을 외치며 아침을 의미 있게 보낼 때 누군가는 늦은 밤 고요함 속에서 글을 쓰고, 책을 읽고, 여가를 즐기며 의미 있게 보내면 그만인 것을, 왜 우리(저녁형 인간)는 자꾸만 주눅이 드냐는 것이다.

일찍 일어나는 새가 벌레를 잡는다지만, 늦게 일어나던 새가 갑자기 일찍 일어나려고 하면 너무 피곤해서 벌레를 못

잡는다. 일찍 일어나는 새는 일찍 일어나는 벌레를 먹고, 늦게 일어나는 새는 늦게 일어나는 벌레를 먹으며 모두 행복하게 잘 살면 좋겠다.

미라클 이브닝의 시대가 올 때까지 잘 버티자, 늦게 일어나는 새들이여!

하루의 마지막은 피카르디 3도로

학창 시절 작곡을 공부하며 많은 클래식 음악을 분석했다. 음악을 아름답게 수식해 주는 수많은 화음을 걷어 내고 중요한 골격만을 남겨 놓으면 결국 딸림화음을 향해서 흘러가 으뜸화음으로 끝나는 것이 보인다. 어떤 음악이든 으뜸음으로 끝나는 마지막 순간에 완성된다. 그 종착지를 향해 수많은 음과 화음과 리듬들이 얽히고설켜 가며 긴장과 이완을 반복하며 흘러가는 것이 음악이다.

바로크 시대에 유행했던 화음 중에 피카르디 3도라는 것이 있다. 음악이 처음부터 끝까지 어두운 느낌의 단조로 진행되다 마지막 화음만큼은 밝은 느낌의 장3화음으로 끝나는 것이다(고등학교 때 이육사의 〈광야〉라는 시를 가사로 가곡을 작곡한 적 있는데, 긴 겨울 끝에 찾아올 광복을 암시하며 후주 마지막에 피카르디 3도를 써서 밝게 끝냈던 기억이 난다).

  하루를 하나의 음악이라 생각해 보면 어떨까?

  잠들기 직전까지 마음에 드는 순간이 단 하나도 없는 구
린 하루를 보낸 날에는 평소 입던 목이 늘어난 티셔츠 말고
예쁘고 뽀송한 잠옷을 꺼내 입고, 기분 좋은 라벤더 향을 이
불과 베개에 뿌리고 침대에 눕는다. 누워서 가장 좋아하는
드라마(요즘은 미드 〈프렌즈〉나 〈빅뱅이론〉) 한 편을 보다
가 잠든다. 삶의 마지막은 하늘에 달렸다지만 적어도 오늘
하루의 끝맺음만큼은 내가 만들 수 있으니까. 힘들었지만
그래도 아주 최악은 아니었던 하루로 만들 수 있지 않을까.

  기억하자. 내 삶이 음악이라면 내가 그 음악의 작곡가이
자 연주자이며 내 하루의 마지막을 어떤 화음으로 끝맺을지
결정하는 것은 언제나 나라는 것을.

아가야

윤슬로 EP 〈구름꽂이〉, 2023년 11월 5일 발매

보고있어도 또 보고 싶은

넌 정말 어쩜 그리 귀엽니

구슬처럼 맑은 그 눈망울이

날 동동 구르게 만들어

너녀 그 웃음 정말 유죄

내 눈 주름살 주범

녹는다 녹아 저 작은 손과 발

아니 그 울음까지 귀여워

널 따라가는 내 입꼬리

세상은 귀여운 것이 구한다고

우 우 Yes It's You

눈처럼 내려온 천사 같아

포근히 안아 줄 거야

존재만으로 사랑이 가득

넌 정말 어쩜 그리 예쁘니

이슬처럼 맑은 그 목소리가

날 살살 녹게 만들어

너녀 그 애교 정말 유죄

별나라에서 왔나?

말캉한 볼살 계속 만지고파

세상 사람들 얘 좀 봐요 하고

자랑하고픈 귀요미

꼬물꼬물 헤엄치는 몸짓

자꾸자꾸 맡고 싶고 보고 싶어

뚜뚜비두왑 부부비랍

사랑이야 너의 모든 것이

세상은 귀여운 것이 구한다고

우 우 Yes It's You

눈처럼 내려온 천사 같아

포근히 안아 줄 거야

존재만으로 사랑이 가득

루리루 랄라릴리루라야

아가야

조카가 생겼다는 소식을 들은 후 암스테르담에 있는 반 고흐 미술관에 갔었다. 그곳에서 〈꽃 피는 아몬드나무〉 그림의 스토리를 듣게 되었다.

고흐는 자신의 이름을 물려받게 된 조카가 생겼다는 소식을 듣고 이 그림을 그려 선물했다고 한다. 아몬드꽃은 새 생명과 희망을 상징하고 아몬드나무는 부활의 상징으로 알려져 있다. 고흐는 이 그림을 선물한 후 5개월 뒤에 생을 마감했지만, 아기 빈센트는 삼촌이 준 꽃 그림을 애지중지했고 훗날 반 고흐 미술관을 세워 삼촌의 다른 작품들과 함께 전시했다.

고흐는 평생 그림을 그렸지만 살아생전에 단 1개의 그림만 팔아 보고 힘들게 생을 마감했는데 조카에게는 엄청난

부를 만들어 줬구나! 그 조카 참 부럽네. 나도 그런 이모가 되고 싶다는 판타지 같은 생각을 했다. 그런 마음을 담아 언니에게 〈꽃 피는 아몬드나무〉가 그려진 자석을 선물했다.

직접 보지도 못한 조카지만, 뭐라도 해 주고 싶은 그 마음을 지금은 더욱 이해할 수 있을 것 같다.

나는 한국에 와서 드디어 조카를 만나고 언니와 함께 몇 개월간 육아를 했다. 어디선가 의외로 목숨도 걸 수 있는 존재가 조카라는 얘기를 들었는데 그 얘기가 공감되는 내가 놀라웠다. 귀청이 떨어질 듯 소리를 지르고 울어도 귀엽고 조카의 기저귀를 갈아 주고 씻겨 줄 때도 마냥 좋았다.

독일로 다시 돌아가야 하는 것을 생각하면 하루하루 눈에 담기 바쁘고 한 번이라도 더 안아 주려 하다가 손목의 통증을 느끼기도 했다. 건강한 나도 육체적으로 힘듦을 느끼곤 하는데 출산을 한 지 얼마 안 된 언니는 얼마나 더 힘들까 생각이 들어 짠하면서도 엄마가 된 언니가 너무 대단하게 느껴지고 다르게 보였다. 지금은 독일에 돌아와 이 글을 쓰고 있는데 언니가 인스타그램에 올려 주는 조카 사진을 하루에 몇 번이고 보고 또 본다.

이렇게 조카 설이를 생각하며 쓴 곡이 〈아가야〉이다. 내 사랑스러운 조카 설이가 인생을 살다가 힘들 때, 이 노래가 손을 잡아 주면 좋겠다.

웃음이 많고 예쁜 나의 조카 설아, 건강하게 자라서 "이모!" 하고 특유의 맑은 웃음을 지으며 달려와 안기는 모습을 하루빨리 보고 싶다. 존재가 사랑 그 자체인 우리 설이 세상에 와 줘서 반갑고 고마워.

고흐의 〈꽃 피는 아몬드나무〉 ♪

피아노 연주곡, 2023년 1월 19일
암스테르담 반고흐 미술관에서

　고흐의 삶을 알고 난 이후 고흐의 노란 해바라기도, 노란 작은방도 슬프게 보였다. 쓸쓸한 노란색이었다. 이해받지 못하고, 인정받지 못해 좌절과 외로움으로 점철된 가난한 예술가의 짧은 삶이라 생각했기 때문이다. 나는 그를 조금은 오해했는지도 모른다.

　삶의 마지막 해, 가난하고 병들어 죽어 가는 서른일곱 살의 남자는 자신의 이름을 딴 조카의 탄생을 축하하며 찬란한 기쁨이 피어나는 그림을 그렸다.

　암스테르담에서 그의 〈꽃 피는 아몬드나무〉 그림을 보면서 슬픔의 작은 흔적조차 묻어날 틈 없이 빼곡하게 채워진 순수한 기쁨이 느껴져 안도감이 들었다. 의심할 여지 없이 그는 그 그림을 그리며 온전히 행복했을 것이다. 그 생각이

서른 일곱 살의 나에게 위로가 되었다.

　생명력 넘치게 뻗어 있는 아몬드나무 가지 사이로 보이는 그 하늘색은 내가 본 가장 따뜻한 하늘색이었다.

아로니

어젯밤 꿈에는 아로니가 나왔다. 아로니랑 산책 나간 엄마가 집에 돌아왔는데 자세히 보니 데려온 강아지는 아로니가 아니었다. 아로니는 귀가 위로 솟아 있는 하얀 시바견인데 그 강아지는 아로니랑 비슷한 몸집과 색깔이었지만 자세히 보니 귀가 아래로 축 처진 강아지였다(꿈이라서 이게 어떻게 된 것인지 인과관계는 중요하지 않았다). 웬 낯선 강아지는 영문도 모르고 아로니인 양 꼬리를 흔들고 있었다. 나는 아로니를 부르며 울면서 여기저기를 다녔다. 결국 잠에서 깨는 순간까지 아로니를 찾지 못했다. 잠에서 깨고 꿈이었단 걸 깨닫는 순간 안도했다. 평소 같으면 시계를 한 번 보고 다시 잠을 청할 시간이었지만 같은 꿈이 이어질까 봐 다시 잠을 자지 않았다.

꽃구름이라는 단어를 머릿속에 떠올렸을 때 가장 먼저

생각난 것은 일곱 살 된 우리 집 강아지 아로니다. 우리 집 강아지라고는 하지만 엄밀히 말하면 부모님의 집에서 사는 강아지이다. 독일에 사는 동생 부부가 독일에 가기 전에 키우던 아기 아로니를 지금은 부모님이 키우고 있으니 나는 한 번도 아로니의 주 양육자였던 적은 없다. 부모님이 운영하시는 아로니아 농장을 지키라고 아로니라는 이름을 붙였지만 겁이 너무 많고 오가는 모든 사람을 반겨서 농장을 지키는 임무는 진작에 실패했고, 지금은 부모님 댁 거실과 옥상을 누비며 가끔 아로니아밭에도 놀러 가는 강아지로 살고 있다.

나와는 고작 한 달에 한두 번 보는 사이지만 아로니와 나는 누가 뭐래도 최고의 콤비이다. 내가 집에 가는 날이면 아로니는 하루 종일 문 앞에서 나를 기다린다. 그러고는 집에 들어서는 나를 온몸을 던져 반겨 준다. 이 세상에서 누군가가 나를 아무 이유 없이 그렇게나 기다리고 반겨 줄 수 있을까? 아로니가 곁에 없는 날에도 이름을 떠올리는 것만으로도 입가에 미소가 번지고, 아로니가 낮잠 자는 사진을 보는 것만으로도 한없는 위로와 격려가 된다. 아빠가 열심히 찍어 보내 주는 아로니의 영상을 보며 버텨 온 낮과 밤이 얼마나 되는가. 영상 속 강아지는 별다른 재주도 없이 늘 자고, 먹고, 공을 가져오고 하는 것이 전부지만 말이다. 강아지 한 마리가 주는 기쁨의 크기는 우리 집을 다 채우고도 넘칠 만큼 크다.

아로니의 시선

어디가 나랑 놀자 나만 바라봐 줘 나를 만져 줘
나만 믿어 그 누구도 해치지 않게 지켜 줄 거야
너의 옆에 딱 붙어 따듯한 내 온기를 전할게
너와 함께하는 산책은 완벽해
수많은 냄새 중 너의 향기가 나의 온 우주를 채워

자고 일어나면 나와 먼저 인사하기로 해
내가 언제나 먼저 기다리고 있을게
너의 발걸음 소리 너의 차 소리를 기억해
난 너라는 세상에 살거든
나의 시야는 너로 가득해

난 너를 믿어 계속 내 곁에 있어 줘

나는야 잔재주 수집가

뜨개질, 코바늘, 비즈 공예, 독서, 산책, 자전거, 요가, 영상 편집, 사진, 베이킹. 이렇게 적어 보니 독일 생활 중에 사부작거리며 만든 취미가 꽤나 많다. 지금은 그만둔 것들도 있지만, 내 손과 머리가 기억해서 언제든 다시 할 수 있다.

최근 남편이 한 달간 집을 비우게 되면서 아는 사람 하나 없는 동네에서 어떤 즐거움을 찾아야 하는지 고민하다 시작하게 된 취미가 베이킹이다. 디저트 중에 휘낭시에를 특히 좋아해서 휘낭시에부터 시작하여 마들렌, 파운드케이크, 당근케이크, 카스텔라까지 만들었다. 재료들을 계량하고 조합하며 오븐 속에서 구워지는 것을 바라볼 때면 부정적인 생각들은 사라지고 그저 뿌듯한 마음이 가득 차올랐다.

올해는 한국에 머물며 공연도 하고, 노래와 책을 만들며 의미 있는 날들을 보내고 있지만 한국에서의 시간을 이대로 보내는 게 아쉬웠던 나는 엄마와 함께 바리스타 학원에 등록했다. 모녀간 추억도 만들고, 언젠가는 유용하게 쓰이길 바라는 마음으로 바리스타 자격증을 취득하기로 했다. 이로써 나의 취미 생활 목록에 커피가 추가되었다.

독일에 살면서 힘들 때마다 할 거리를 찾게 되어, 이렇게 잔재주가 늘어났다. 살아가는 동안 틈틈이 유용하게 활용하여 단단한 나를 만들고 싶다.

우리 아빠요!!

어렸을 때부터 본능적으로 아빠를 인정했나 보다.

초등학교 1학년 꼬맹이 시절, 담임 선생님께서 아이들을 집중시킬 때 사용하시는 '종'이 고장 났었다. 선생님께서 "혹시 우리 아빠는 이 종을 고칠 수 있다고 생각하는 사람 손을 들어 보세요."라고 하셔서 나는 말이 끝나기도 전에 손을 번쩍 들고 자리에 일어서기까지 하며 "저요!!! 우리 아빠 이거 바로 고쳐요!! 내일 가져올 수 있어요!!"라고 당사자와 상의도 되지 않은 마감 기한까지 만들어 어필했다. 이런 적극적인 반응에 당연히 내가 당첨(?)됐다. 나는 복권이라도 당첨된 듯 너무 기쁘게 종을 들고 집에 와서 아빠가 퇴근하기만을 기다렸다. 퇴근하자마자 딸이 달려 나와 '종'을 꼭 고쳐야 한다며 얼굴에 들이밀었으니 얼마나 황당했을까 싶다. 아빠는 역시 나의 믿음대로 바로 고쳐 주셨고 나는 다음 날 아빠 대신 박수를 받으며 인기 스타가 되었다. 이후에도 아빠가 손으로 하는 모든 것에 나는 감탄하며 그 센스를 인정하고 존경했다.

최근 에피소드가 하나 생겼다. 인터넷으로 바지를 구입한 나는 입자마자 당황했다. 한국 브랜드 인기 바지여서 구입했는데 이건 뭐 외국 언니들이 입어도 바닥을 청소하며 다닐 것 같은 길이였다. 유행이 뭐라고 내가 바닥을 청소하며 다니겠는가. 엄마, 아빠에게 보여 주며 "이거 맞아...? 반품할까...?"라고 했는데 핏은 예쁘다며 길이 수선만 하면 좋겠다고 하셨다. 수선을 맡길 생각이었는데 아빠가 "어디 보자. 여기까지만 자르면 아주 멋스러워. 기다려 봐. 아빠가 잘라 줄게."라며 바로 잘라 주려 했다. 엄마는 "기다려! 초크 찾아볼게."라고 하셨지만, 성격 급한 아빠는 엄마가 초크 찾는 것을 기다리지 못하고 당신의 감으로 잘라 버렸다. 하지만 결과는 대만족! 내가 가진 바지 중 가장 맘에 드는 바지가 탄생했다. 수선한 바지를 입은 나의 모습을 보며 두 분은 무척 좋아하셨고, 그 모습이 너무 사랑스러웠다.

나는 아빠의 손재주를 닮아 손으로 하는 것에 재미를 느끼고 어느 정도 센스가 있다는 것을 안다. 엄마의 똑똑한 공부 머리까지 닮았다면 참 좋았을 테지만.

고마워요. 엄마, 아빠.

피아노와 함께하는 삶

중학교 시절 나는 벼락치기 여왕으로 이름을 날렸다. 단체 생활은 학교만으로도 충분했던 내향적인 학생이었기에 공부 학원에 다니지는 않았고 부모님도 공부를 강요하신 적이 없기에 학교가 끝나면 집에서 밤늦게까지 티브이를 보거나 책을 읽거나 하는 한가로운 학생이었다. 꾸준함, 성실함과는 거리가 있었지만 시험 며칠 전 벼락치기를 해서 꽤 괜찮은 성적을 얻고는 했기에 벼락치기 스킬은 점점 강화되었다. 그리고 나는 그 버릇을 여전히 못 고쳤다. 벼락치기로 얻은 지식은 장기 기억으로 전환되지 못하고 시험이 끝나는 순간 나의 뇌에서 감쪽같이 사라지곤 하니 나의 이런 행태들이 바람직하다고 말할 수는 없지만, 어쨌거나 나는 평생 일관성 있게 단기간 몰입해서 해치우고, 목표를 달성하면 쿨하게 잊어버리는 그런 삶을 살아온 것이다.

그런 내게도 유일하게 그만두지 않고 오랜 시간 지속해 온 것이 있으니, 그것은 바로 피아노다. 내가 어릴 땐 동네에 피아노 학원이 지금보다 더 많았다. 초등학생이라면 피아노, 미술, 태권도 학원 중 하나씩은 다니던 시절이었다. 나는 다섯 살인가 여섯 살부터 피아노를 배웠다. 유치원과 같은 건물에 피아노 학원이 있었는데 피아노 가방을 메고 학원에 다니는 친구들이 부러워서 그냥 따라가서는 원장님께 엄마에게 허락받았다고 거짓말을 했다. 그렇게 며칠간 피아노 학원을 외상으로 다니다가 결국 원장님이 엄마한테 연락해 학원비를 받아 내셨다. 얼마 뒤 우리 집에 외삼촌이 주신 오래된 피아노 한 대가 생겼고, 4학년 때부터는 작은 교회의 반주자가 되었다. 남다른 재능이 있지는 않았다. 대회에 나가도 가장 좋은 상을 받지는 못했다. 연습을 열심히 하는 학생도 아니었다. 8번 치고 사과 10개를 색칠하기도 하고, 피아노 책 뒤에 만화책을 놓고 보다가 혼나기도 했다.

무언가 한 가지를 꾸준히 지속하지 못하는 내가 오랫동안 피아노를 그만두지 않았던 것은 어쩌면 너무 열심히 하지 않았기 때문이 아닐지 생각한다. 딱 지치지 않을 정도로, 질리지 않을 정도로, 너무 잘해서 시시해지지 않고, 너무 못해서 포기하고 싶지 않을 정도로 미지근하고 애매하게 해 왔기 때문이 아닐지 생각한다. 때로 이런 미지근하고 잔잔한 애정이 관계를 오래 유지하는 비결이 되기도 하니까.

어쩌다 보니 31년째 피아노와 함께하는 삶을 살고 있지만, 피아노는 내게 여전히 가깝고도 먼 존재이다. 36살부터는 재즈 피아노라는 새로운 취미를 시작했는데, 배울수록 더 어렵고, 지금껏 사용하지 않은 뇌의 새로운 영역을 사용하는 느낌이다. 물론 30대 후반의 나는 한결같이 연습을 잘 안 하는 엉터리 학생이다(바빠서라는 핑계를 대 본다). 단지 친절하고 아름다우신 우리 선생님 입에서 "이렇게 열심히 안 하실 거면 이제 그만 오세요."라는 말만 나오지 않기를 늘 바라고 있다. 느리더라도 그만두지 않고 계속하고 싶으니까. 소소한 바람이 있다면 40대가 되면 즉흥 잼을 할 수 있을 정도의 실력이 되는 것, 그리고 더 나중에는 행복하게 피아노를 치는 할머니가 되는 것 정도?

잔잔하게 스며드는 것들의 매력

나는 부담스럽지 않게 조금씩 잔잔하게 스며들어 긴 여운을 남기는 것들을 좋아한다.

나와 함께 나이를 먹어 이젠 30살이 넘은 우리 집 나무 피아노 소리, 뿌리고 가꾸는 사람은 없는 것 같은데 때 되면 길가를 수놓으며 계절을 알려 주는 코스모스와 금계국, 모두가 시끌벅적 환호하던 벚꽃이 지고 난 자리에 피어나는 연한 연둣빛의 잎사귀. "대놓고 나 정말 귀엽지?" 하며 뽐낼 줄 모르는 하찮고 순박해 보이는 캐릭터들. 애교라고는 옆에 와서 살 맞대고 앉는 것이 전부인 내향적인 성격의 우리 집 강아지 아로니, 오선지에 음표를 그릴 때면 사각사각 소리가 나는 2B 연필, 자극적이지 않지만 슴슴하고 고소한 맛으로 자꾸만 생각나는 들기름 메밀막국수, 제주의 하늘과 바다와 바람을 한껏 느낄 수 있는 비슷한 듯 다른 매력을 지난 오름들...

　가랑비에 옷 젖는다는 말이 괜히 있을까. '이 정도 비쯤 이야.' 하고 우산도 안 챙기고 무방비로 나갔다가는 흠뻑 젖어 버릴 수가 있다. 자극적이고 강렬한 것은 그만큼 빨리 질리기 마련이다. 나도 모르게 어느새 잔잔하게 스며드는 매력 앞에는 도무지 손쓸 방법이 없는 것이다.

취향

    자신만의 취향을 가진 사람들을 보면 참으로 근사해 보인다. 그 취향이 대중적이든 세련된 것이든 상관없이 "난 이런 걸 좋아해."라고 확신에 차 말할 수 있다는 것이 부럽다. 그 이야기를 할 때 사람들의 표정을 보면 그 취향이라는 것이 그들의 삶을 행복하게 하는 것이 분명하니까.

    난 아직 많은 카테고리에 있어서 나만의 취향을 확립하지 못했다. 매일 두세 잔씩 마시는 커피만 해도 그렇다. 얼마 전까지는 무조건 산미 없이 고소한 것이 좋았는데 요즘은 산미가 조금 있는 커피가 맛있게 느껴진다. 11년이나 공부한 음악도 그렇다. 이성의 끝이라 할 수 있는 바흐의 평균율과 감성의 끝이라 할 수 있는 라흐마니노프를 동시에 좋아하다가 이제 또 재즈를 배우면서 인디 음악을 만들고 있다. 생각해 보면 어린 시절 유행했던 백문백답을 할 때마다 "가장 좋아하는 ○○는?" 같은 질문에 답을 하는 것이 늘 어려웠다. 이건 이래서 좋고, 저건 저래서 좋은데 어떻게 하나를 꼽으라는 건지. 특별히 가리는 것이 없어 다른 사람의 취향에 맞추어 줄 수 있다는 것과 새로운 시도를 즐기는 것이 나의 장점이라 생각하며 살아왔다.

그런데 한번은 웬일인지 직장에서 어떤 음식을 좋아하냐는 질문에 "호박전이요."라고 대답한 적이 있다. 호박전을 좋아하기는 하지만 가장 좋아하는 음식이라 생각한 적은 없었는데 전날 맛있게 먹은 기억이 나 얼떨결에 그리 답했다. 그날 이후 맘씨 좋은 우리 부장님은 그 바쁜 출근길에 이따금 호박전을 부쳐 오셨다. "이런 건 일도 아니야." 하시면서. 그리고 나의 동료들은 점심 메뉴에 호박전이 나오는 날이면 도시락을 싸 다니는 날 위해서 호박전을 무려 국그릇에 한가득 받아 와서 전해 주곤 했다. 호박전을 배 터지게 먹는 명절 같은 날들이 늘어났다.

취향이 있다는 것은 내 삶을 더 근사하게 해 주고, 서로의 취향을 기억해 주는 것은 삶을 덜 외롭게 해 주는 일이구나. 각자 분주한 삶 속에서 누군가를 생각하는 그 시간과 마음은 참 고맙고 소중한 것이다.

그러니 혹시 나처럼 "아무거나.", "특별히 가리는 건 없어요."라는 대답을 달고 사는 분들이 계신다면 가끔은 "저는 호박전을 좋아해요." 같은 대답을 해 보는 것은 어떨지.

나의 장미에게

윤슬로 EP 〈구름꽃이〉, 2023년 11월 5일 발매

그댄 모르죠 그대가 얼마나
영롱하게 반짝이는지를
조용히 눈 감고 그대를 떠올리면
오 내 마음에 별똥별이 떨어지는걸

그대는 모르죠 그대가 얼마나
오월처럼 따사로운지를
가만히 앉아서 그대를 바라보면
오 내 마음에 봄바람이 살랑 불어와

가시 돋친 그대의 서툴고 어린 맘이
자꾸 날 밀어 내도
이젠 알아요 그대가 있기에
내가 사는 별이 아름다운걸

My rose, 나의 장미, 나의 그대여
힘이 들 땐 소리 내 울어도 돼
그 눈물이 나의 별에 비로 내려도
기다릴 거야 그대 곁에서
My rose, 나의 장미, 나의 그대여
그러니 잊지만은 말아 줘
오직 그대만이 외로운 나의 별에
무지개를 띄울 수가 있단 걸

My rose, 나의 장미, 나의 그대여
슬플 때면 나와 지는 해를 봐
그 슬픔이 나의 별에 붉게 번져도
함께 볼 거야 그대 곁에서

My rose, 나의 장미, 나의 그대여
그러니 잊지만은 말아 줘
오직 그대만이 길고 긴 나의 밤에
새벽 별을 띄울 수가 있단 걸

나의 장미에게

　지구를 여행하던 어린 왕자는 정원에 흐드러지게 핀 장미를 보고 충격을 받아 엉엉 울어 버린다. 세상에 단 한 송이뿐인 줄 알았던 장미가 지천으로 피어 있는 흔하디흔한 존재임을 알게 된 것이다.

　하지만 결국 어린 왕자는 깨닫게 된다. 지천으로 피어 있는 장미들과 다를 것 없는 평범한 그 장미는 어린 왕자의 별에 뿌리를 내리고 꽃을 피웠다는 것, 그리고 시간과 정성을 들였다는 것, 단지 그것만으로 그 어떤 장미와도 다른 특별한 장미라는 것을. 물론 그 사실을 깨닫기까지 긴 여행을 해야 했지만.

　긴 여행 끝에 어린 왕자는 장미가 있는 자신의 별로 돌아가기로 결심한다. 어린 왕자는 무사히 자신의 별로 돌아갔을까? 다시 장미를 만났을까? 부디 만났기를 바란다.

우리는 한때 모두 어린 왕자였다. 그리고 자존심 강한 장미였다. 어리기에 서툴고, 서툴기에 더 애틋한 것이 사랑이지만 서툴고 어리다는 핑계로 서로에게 상처를 주고, 또 받았다. 시간이 흘러 그것을 깨닫게 되어도 결코 되돌릴 수는 없었다.

그러니 어린 왕자에게는 부디 한 번의 기회가 더 있었기를 바란다. 저자인 생텍쥐페리가 뒷이야기를 독자들의 몫으로 열어 두고 어린 왕자처럼 긴 여행을 떠나 버리셨기에 이 노래 안에서만큼은 내 맘대로 둘을 재회시켜 주려고 한다.

다시 만난 세상에 하나뿐인 장미에게 이런 노래를 불러 주었기를 바라면서.

어린 왕자 1

〈아기공룡 둘리〉를 보며 고길동 아저씨가 측은해지면 어른이 된 것이라지? 어린 왕자가 여행하며 만난 이상한 어른들에게, 특히 하루에 1,440번 자전하는 별에서 잠도 못 자고 1분에 한 번 가로등을 켜고 꺼야 하는 근로자에게 감정이입을 하여 태양열 가로등을 설치해 주고 싶어진다면 나도 꽤 나이를 먹은 것이겠지.

어느새 나는 어린 왕자보다 그가 만난 어른들의 나이와 더 가까운 나이가 되었다. 그렇지만 마냥 서글픈 것은 아니다. 어른이 되어 다시 읽은 《어린 왕자》에서 나는 더 많은 것을 이해하게 되었다. 자존심은 세지만 자존감은 낮아서 곁에 있는 소중한 누군가를 뾰족한 가시로 찔러 대는 장미의 마음도, 슬플 때면 석양을 본다는 어린 왕자가 마흔네 번이나 석양을 봤다는 그 어떤 하루의 슬픔의 크기도.

못난 마음을 숨기려 누군가에게 날을 세우는 나, 마흔네 번의 석양을 보고 싶을 만큼이나 슬픈 하루를 버틴 나, 그런 '수많은 하루들의 나'가 겹쳐져 내가 어른이 된 것이니까.

겹겹이 쌓여 가는 수많은 나만큼 더 많은 것을 이해하게 되었다면, 누군가 네 시에 온다는 소식에 준비하다가 세 시부터 이미 지쳐 버리는 다소 낭만과 체력이 부족한 어른이 되었다고 해도 썩 나쁘지 않은 것 아닐까.

《어린 왕자》는 언제 읽느냐에 따라서 그 느낌이 다르다고들 한다. 어릴 때 읽었을 때와는 와닿는 문장들도 다르지만 그래도 삼십 대 후반의 나에게 여전히 이 한 문장만큼은 유효하다. 그리고 앞으로 더 나이가 들어도 계속 그랬으면 좋겠다.

"가장 중요한 것은 눈에 보이지 않아."

위해

고개를 떨군 너에게
하늘을 보여 주고
파도가 자글자글한 바닷소리를 품어 갈게

너에게 묻고 싶은 말은
그저 편안하니 안아 줄까
오래도록 답이 없어도 괜찮아 이리 와

나는 그냥 네가 있는 곳이
웃음 밭이 되어
뛰어다니길 바랄 뿐이야

고스란히 바라볼 널 위해
마음껏 웃음 짓고

저만치 간질간질한 사랑의 마음을 풀어 둘게
너에게 표현하자면 그저
맑게 갠 하늘처럼 빛나도록
내가 여느 때같이 여기에 있을게

나는 그냥 네가 있는 곳이
웃음 밭이 되어
뛰어다니길 바랄 뿐이야

가끔은 흐르는 뜨거운 눈물로
얼어붙은 벽을 녹이고
그럼에도 남아 있는 조각들은 나눠 갖자

그래, 그냥 그렇게
흐릿한 시야에도 믿고 뛰어 보자
이곳은 다 너야

Chapter 2

비구름

비를 잔뜩 머금은 구름처럼

금방이라도 쏟아질 듯한 슬픈 마음과

여름밤 소나기 같은 위로의 말들을 담아

아이의 계단

이지윤(Zooni) 싱글, 2022년 9월 20일 발매

올라가면 보일까

난 아직 첫 계단도 망설이는 중인데

여기저기 들려오는 저 달콤함에 속으면 안 돼

저 위엔 뭐가 있을까

내가 닿을 수 있을까

수만 번 물어봐도 울림 없는 물음표만

저 위엔 답이 있을까

내가 찾을 수 있을까

수없이 생각해도 끝이 없는 물음표만

생각 속의 방문을 두드리지 못한 채

우두커니 서 있는 아이의 눈을 맞춰

(한 번만 해 보자)
생각 속의 방문을 열어 보지 못한 채
웅크리고 있는 아이의 떨리는 손을 잡아
말해 주고 싶어 난

망설이다 계단은 점점 늘어가
쓴소리에 무너지지 마
큰 숨을 쉬고 크게 한 발짝 내딛는 거야
네 손을 놓지 않을게

올라가면 보일까
난 이제 첫 계단을 오르려고 하는데

아이의 계단

〈아이의 계단〉은 슬기 언니가 작곡하고 내가 작사하여 탄생한 노래다.

오랜만에 한국에 있는 친구들을 만나 서로의 근황을 나누었다. 친구들은 대부분 경제활동을 하며 스스로를 책임지는 어엿한 어른이 되어 가고 있었다. 그런 친구들을 보며 나는 사회생활에서 멀어진 어른아이라는 것을 깨달았다.

내 안에는 눈치를 보느라 도전하지 못하고 두려움으로 스스로를 방에 가두어 버린 어린아이가 있다.

제발, 그 방을 나와 뭐라도 해 보자고 눈물이 차오르는 감정을 꾹꾹 눌러 담아 그 아이에게 부탁하는 긴 글을 써 내려갔고 몇 번의 수정을 거쳐 지금의 가사가 되었다.

이 노래에 대해 하고 싶은 얘기가 많지만 결국은 나에 대한 변명이라는 것을 알게 되었고 그런 어리숙함이 미래의 나에게 부끄러움을 줄 것 같아 이만 글을 줄이기로 했다.

어느 순간, 그 아이가 문을 열고 나와 계단을 오르는 어른이 되어 있기를...

지윤이의 구름꽂이

　지윤이의 사진첩에는 보기만 해도 미소가 지어지는 예쁜 하늘과 구름이 가득하다. 지윤이는 그 사진첩에 '구름꽂이' 라는 이름을 붙였다.

　"여기는 해가 쨍 뜨는 날이 별로 없어서 우울해."
　지난겨울, 코로나19 이후로 몇 년 만에 지윤이가 사는 독일 에센에 방문하고서야 그 말을 이해할 수 있었다. 돌아오는 날까지 나는 끝내 에센의 맑은 하늘을 보지 못했다. 물론 한국의 겨울도 춥기로는 뒤지지 않지만, 에센의 겨울은 낮과 밤의 경계가 더 흐릿하다. 그저 조금 밝아진 듯하다 이내 어두워지기를 반복했다. 비도 그랬다. 언제 오고 언제 그치는지를 모르게 오다 그치기를 반복했다. 그래서인지 비가 와도 우산을 펴는 사람들은 거의 없었다. 오랜만의 여행이라 캐리어 가득 겨울 외투 몇 개를 챙겼지만 결국 방수가 되고 모자가 달린 검은 패딩을 모든 날 입었다. 그 옷을 챙겨 간 덕에 하루 만에 여행객의 모습을 벗고 현지인 틈바구니에 위화감이 전혀 없이 자연스럽게 스며들 수 있었다.

그 무뚝뚝한 표정을 가진 낯선 세상에서 기나긴 시간을 보내며 지윤이는 어떤 마음으로 매일의 구름을 모아 차곡차곡 꽂아 두었을까. 그 마음을 짐작해 보려니 어쩐지 마음이 먹먹해지기도 한다.

우리는 무언가가 매 순간 허락된 일이 아니라는 것을 알게 되었을 때 그것을 모으고 저장한다. 그것을 더욱 사랑스럽고 소중히 여기게 된다. 벚꽃이 지고 나면 또다시 피기까지 일 년을 기다려야 함을 알기에 사람들은 "벚꽃이 그렇게도 예쁘니, 바보들아." 노래를 들으면서도 꿋꿋하게 너도나도 사진을 찍고 추억을 남기는 것 아니겠는가. 나는 젊고 어린 시절 내 생각들을, 할머니와의 추억들을, 강아지 새해와의 시간들을 많이 모아 두지를 못한 것이 두고두고 서운하다.

우중충한 하루에 펼쳐 볼 수 있게 뽀송뽀송한 구름을 모아 차곡차곡 꽂아 두는 일은 다람쥐가 긴 겨울 동안 먹을 도토리를 모아 두고 숨겨 두는 일과 비슷한 것 같다. 다람쥐는 귀엽고 짠하게도 도토리를 어디에 숨겼는지 대부분 깜빡하는데, 그 바람에 참나무가 번식한다고 한다. 지윤이가 구름꽂이에 꽂아 둔 구름은 이제는 글이 되고, 또 노래가 될 것이다. 그러다 보면 또 언젠가는 그 사진과 글과 노래들이 지친 누군가 찾아와 잠깐 쉬어 갈 수 있는 시원한 참나무 그늘이 되어 줄 수도 있겠지. 다람쥐도 처음부터 참나무 숲을 만들 생각은 아니었을 거야. 그냥 열심히 도토리를 모아 숨겼을 뿐이지. 조금 기억력이 나쁠 뿐이고.

지윤이가 다시 독일에 돌아가도 계속해서 구름을 찍어 주면 좋겠다. 흐린 날들이 오래 이어지더라도 언제든 예쁜 하늘을 꺼내 볼 수 있도록 구름꽂이에 빼곡하게 꽂아 채워 가면 좋겠다. 글을 쓰다 보니 지윤이의 마음을 너무 내 멋대로 넘겨짚은 것도 같다. 일단 다음에 만나면 왜 구름 사진을 찍는지 물어봐야지. "그냥 별 이유는 없고 구름이 예뻐서?"라고 대답한다면 더 좋고.

일회용 용기

몇 날 며칠을 스스로에게 질문을 던진 끝에 내린 결론은 무언가를 새롭게 시작하기에 조금 늦은 나이라는 것이다. 하지만 조금 늦었다는 것은 새로운 것을 시작할 수 없다는 것이 아니다. 단지 무언가를 시작하기 위해 조금 더 많은 용기가 필요하다는 것. 그래, 나에겐 용기가 필요하다. 이렇게 답을 내리고 나니 비로소 그다음 단계로 넘어갈 수 있게 되었다. 그다음 단계는 바로 용기를 내는 일. 그런데 이게 참 쉽지 않다. 조금씩 끌어모은 용기는 파도 한 번에 쓸려 내려가는 모래성처럼 순식간에 물거품이 되기도 하고, 누군가의 선의에서 나오는 걱정 어린 말 한마디에도 공기 중으로 흩어져 버려 다시 소심한 내가 된다. 그러면 나는 잠시 주춤하다 또 금세 사라질 걸 알면서도 용기를 모은다. 내일이면 또 사라져 버릴 일회용 용기일지라도. 인생은 한 번뿐이고, 누구도 내 삶을 대신 살아 줄 수는 없으니까.

어린 왕자 2

겨울밤 우리는 같이 걷고 있었다. 조금 취해 있었던 것도 같다. 밤이면 기숙사 아파트 앞 작은 파닭집에서 맥주와 파닭 반 마리를 먹으며 뇌를 거치지 않고 아무 말이나 떠들던 것이 일상이었던 시절이었으니까.

눈이 내렸다.
천천히 고요하게 내리는 함박눈이었다.

"하늘에서 떨어지는 어린 왕자의 유골이야."

친구가 말했다. 나는 웃었지만 어쩐지 슬프기도 했다. 우리의 어린 날들이 저물어 감을 아쉬워하면서도 한편으론 그저 월급을 받아 내 몫의 삶을 일굴 수 있는 평범한 사회인이 되고자 애쓰던 날들이었다.

지금도 가끔 내리는 눈을 보면 어린 왕자의 유골을 생각한다. 어린 왕자의 죽음에 함께 애도하던 20대의 술 취한 우리가 생각난다.

그 시절의 우리는 어디로 갔을까?

그들은 어린 왕자가 살던 소행성만큼이나 아득하게 먼 곳에 죽은 듯이 있다가도, 불현듯 함박눈처럼 내 눈앞에 쏟아져 내리기도 한다.

나이가 들어 간다는 것은 지나온 모든 시절의 나를 내 안에 한 겹 한 겹 묻어 가는 것일 텐데 어른들은 어떻게 그 가늠할 수 없는 그리움의 크기를 감당하며 살아가는 것일까? 쏟아지는 그리움이 무릎 높이까지 쌓이고, 시야를 가릴 정도로 흩날리는 날에는 또 어떻게 다음 발자국을 내딛는 것일까?

구멍

　제주 동쪽 해안가를 따라 걷고 있을 때였다. 문득 대학 때 들은 지리 수업에서 제주도 출신 교수님이 제주도의 지형과 자연환경에 대해 열변을 토하시던 것이 생각났다. 정확히는 왜 삼다수가 에비앙보다 더 좋은 물인지에 대한 것이었지만. "제주 삼다수에 비하면 에비앙은 호로자식입니다." 그 강렬한 문장에 감명받은 나는 지금껏 에비앙을 돈 주고 사서 마신 적이 없다. 제주의 지반을 구성하는 현무암에는 구멍이 많아 비가 오면 땅속으로 흘러 들어가고, 맑게 걸러진 담수가 해안가에서 솟아올라 식수나 생활용수가 된다. 비가 많이 와도 홍수가 날 일은 없다.

　현무암의 송송 뚫린 구멍이라는 것에 대해 생각해 본다. 그러니까 왜 나는 구멍을 메우지 못해 안달인 것일까. 무언가가 고이지 못하고 새어 나가는 구멍, 그 빈틈이 있어 물이 스며들고, 또 흘러나온다. 그리고 그곳은 마을이 된다. 구멍을 통해 새어 나가는 빛, 공기, 물, 소리...

새어 나간다는 것이 늘 소실을 의미하는 것만은 아니다. 구멍의 반대쪽에 있는 누군가에게는 소중한 한 줄기 햇살이자, 희망이 될 수도 있다는 것. 마음에 생긴 구멍으로 새어 나가는 것들은 그냥 새어 나가도록 두어 보자. 어떻게 될지.

내 안에 고이고, 때론 범람해 나를 괴롭히는 생각들을 그 틈으로 흘려보내면 어딘가 필요한 곳에서 샘솟듯 솟아날지도 모를 일이니 말이다.

반대로 생각하기

웃음이 나와 세상은 참 재밌는 듯해
하루하루가 기대로 가득 차 있는걸
예측할 수 없는 매일의 하루가 계속되니
오늘 뭐 하지? 내일 뭐 할까?
내 하루는 매일 설렘 가득해

걱정 없이 보내는 오늘이 또 내일의 행복을 만들지
예능감 넘치는 하루가 날 웃음 짓게 해
친구들 수다에 빠져서 물장구치다가 보면
어느새 시간이 순삭이야! 나 참 미치겠네?

계속되었으면 해 영원하길 바라
간직하고 싶은 오늘이야

하하하 너무 웃어 버려서

내 배꼽이 배에 숨어 버렸나 봐

매일매일 새롭게 다른 하루에 늘 호기심이 폭발해

여긴 어딜까? 이건 뭐지?

내 하루는 매일 설렘 가득해

개구짐을 얼굴에 묻히고 또 나서지

난 재미 수집가거든

집이든 밖이든 뭐 이리 다 재미있는 거야?

너랑 나 한 팀이 되어서 별일 없이 재밌게 즐기면

이것 봐 또 시간이 순삭이야! 나 참 미치겠네?

계속되었으면 해 영원하길 바라

기억하고 싶은 오늘이야

노래

그게 벌써 7년 전인가? 벌써 그렇게 됐나? 내 기억이 맞다면, 지윤이를 처음 만난 건 사촌 오빠의 결혼식에서였다. 나는 그때도 30대였으나 지윤이는 스물셋 대학생이었다. 그날 나는 피아노를 치고 동생과 지윤이는 듀엣으로 축가를 불렀다. 그날 무슨 노래를 축가로 불렀는지는 우리 세 사람 다 기억하지 못하지만, 지윤이의 밝은 에너지가 가득한 모습이 기억난다. 얼마 지나지 않아 지윤이는 나의 올케가 되었고, 나는 기뻤다.

그래, 생각해 보니 처음 본 날도 나는 피아노를 치고 지윤이는 노래를 했다. 길다면 길고 짧다면 짧은 7년이 지났고, 그 사이 여러 가지 일들을 겪었다. 지윤이와 동생은 결혼하여 독일로 떠났고, 우린 각자 삶의 위치에서 고군분투하다가 그저 몇 년에 한 번 만나서 같이 여행을 다니곤 했지만 같이 음악을 한 적은 없다. 몇 년 전 지윤이는 더 이상 노래를 하고 싶지 않다고 했으니까. 그리고 7년 만에 다시 나는 피아노를 치고, 지윤이는 노래를 한다.

우리는 같이 글을 쓰고 노래를 만든다. 부담이 될 걸 알면서도 나는 늘 내심 지윤이가 다시 노래하길 바랐다. 노래 때문에 울던 밤들이 있더라도 지윤이는 노래를 통해 자신의 이야기를 하는 사람이었고, 그런 사람은 언젠가는 다시 노래를 해야 한다고 생각했다. 대신 평가를 받기 위한 노래가 아닌 자신의 이야기를 쏟아 내기 위한 노래를 하자고. 어딘가에든 비워 내야 새로운 걸 담을 수 있으니까 우선은 노래에 담아 보자고. 망설임 끝에 우리는 외로움과 좌절로 모든 것을 내려놓는 대신에 그 시간들을 곱게 걸러 내어 노래로 만들고, 같이 그 노래를 부르는 쪽을 선택했다.

내 눈엔 여전히 풋풋하고 예쁜 지윤이지만 시간이 지나면서 분명 지윤이의 노래는 더 깊어졌다. 7년간의 낯선 땅에서 느낀 외로움의 시간이 목소리에 묻어난다. 내가 그 시간들을 다 헤아릴 수는 없지만 무대에서 자작곡 〈자전거만 있다면〉을 부르는 뒷모습을 보며 가끔은 뒤에서 피아노를 치다 울컥하기도 한다. 분명 웃는 표정으로 노래하고 있을 텐데 말이다.

그 시간들이 있었기에 우리의 노래가 비로소 누군가의 외로움을 감싸 안을 수 있다고 믿는다. 우리의 노래가 누군가의 마음에 닿을 때 그 울림이 일렁임을 만들고, 그 위에 반짝이는 윤슬이 내려앉기를 바란다.

그대 마음의 잔잔한 일렁임이 될 수 있다면

오늘도 애써 웃음 짓는 그대의
힘들었을 지난밤을 알아요
내가 건넬 수 있는 건 그저
서툰 위로와 작은 토닥임뿐이지만

내가 그대 마음에 잔잔한 일렁임이 될 수 있다면
그럴 수만 있다면

눈물이 되어 맺히지도 못한 채
삼켜 버린 그대의 울음들이 어느새
그 마음속 커다란 물웅덩이가 되었죠
내가 그대 마음에 잔잔한 일렁임이 될 수 있다면
그 웅덩이에도 이따금
윤슬이 반짝일 거야

오늘도 애써 웃음 짓는 그대의

뒤척이던 긴 새벽을 알아요

내가 건넬 수 있는 건 그저

귓가에 잠시 머물 멜로디뿐일지라도

내가 그대 마음에 잔잔한 일렁임이 될 수 있다면

그럴 수만 있다면

소리가 되어 내뱉지도 못한 채

삼켜 버린 그대의 한숨들이

그 마음속 커다란 동굴이 되었죠

내가 그대 마음에 잔잔한 일렁임이 될 수 있다면

그 동굴 속에도 오늘 밤에는

별빛이 새어 들 거야

밤

윤슬로 EP 〈구름꽃이〉, 2023년 11월 5일 발매

먼 길을 떠나 헤매던 밤
멀리서 들려온 밤의 속삭임
아아아 라라라 오오오 으음
그 밤을 난 기억하오

오 그대여 나를 보지 마오
나 슬픔에 안겨 우오
오 나는요 잠시 돌아서리오
내 글렁이는 눈을 보일 수는 없소

돌고 돌아온 길을 밝힌 달
내게 들려준 작은 속삭임
아아 라라라 오오오 으음
그 말을 난 기억하오
오 그대여 나를 떠나가오

나 그 품에 안길 듯하오
오 나는요 그대의 뒷모습에
내 울렁이는 맘을 쏟아 내오

그대 내가 그 기억 속에 사라져도 아
내겐 그대 참 고마웠소 빛을 내던 그날들이

자 이제 가시오
그 밤을 비추진 못하겠소

잠시 나는 이곳에서
밤을 고요히 그리우다 가리다

밤

나는 영화보다 드라마를 좋아한다. 내 마음속에서 인생 드라마로 정해지면 그 드라마를 최소 다섯 번 이상 보고 해가 지나면 연중행사처럼 또 찾아서 본다.

독일에서 유독 깊게 빠져 있었던 드라마가 있다. 바로 〈사랑의 불시착〉이다. 몇 번을 봤는지도 모를 만큼 많이 봤는데도 같은 장면에서 울고 웃는 나는 정말 이 드라마에 진심이었나 보다. 제발 행복하기만을 바랐던 두 주인공이 현실 커플이 되었다는 소식에 감동하며 다시 한번 정주행을 하고 결혼한다는 소식에 또 한 번 정주행을 하고 아기가 태어났다는 소식에 또 한 번 정주행을 했다. 앞으로 나는 몇 번을 더 보게 될까?

그렇게 몇 번을 봐도 볼 때마다 여운이 가시지 않아 이 정도면 노래로 만들어야 하는 거 아닌가 싶어 만든 곡이 〈밤〉

이다. 여러 방법을 시도한 끝에 드디어 남한으로 갈 수 있게
된 윤세리(손예진)를 리정혁(현빈)이 휴전선까지 데려다주
는 장면이 있다. 그 헤어지는 순간을 마주하고 싶지 않아 길
을 잃은 척 같은 길을 돌고 도는 리정혁의 모습과 그 밤의
분위기, 헤어지기 전 나누는 슬픈 대화들이 곡을 쓰는 재료
가 되었다.

누군가는 떠나고 누군가는 남는 그 밤.

이 드라마를 좋아하는 독자분들이 있다면 노래를 들으
며 그 밤을 떠올려 주기를 바란다.

그리고 난 이로써 드라마 덕후라는 것이 들통나 버렸다.

우리가 책을 만들다니

책을 출판하는 것은 나의 버킷리스트 중 하나였다. 올해, 지윤이와 함께 책을 만들기로 했을 때 처음에는 무척 설레었지만 막상 글을 쓰는 작업에 들어가려니 걱정이 앞섰다.

나는 무척 바쁜 시간들을 보내고 있었다. 30대 중반을 넘어 새롭게 시작한 공부로 야간 대학원을 다니느라 퇴근 후 KTX를 타고 서울을 오가고, 나머지 날은 야근과 밤샘 과제를 하고, 주말에는 공연과 출장이 연달아 있었기에 잠시라도 집중해서 글을 쓸 시간을 마련하는 것이 쉽지는 않았다. 하루를 돌아보며 기록을 남길 겨를도 없이 녹초가 되어 집에 들어오면 바로 곯아떨어지는 날들의 연속이었고, 글을 써보려고 마음먹고 카페에 앉으면 머릿속에 시험과 과제, 밀린 업무들이 떠올라 좀처럼 집중하기가 쉽지 않았다.

더군다나 책을 만드는 것은 우리 둘에게 낯선 경험이었

다. 남에게 보여 주기 위한 글이라고는 직장에서 쓰는 공문이나 적립금을 받기 위해 억지로 쓰는 30자 상품평과 "우리 학생 예쁘게 봐 주세요." 하고 적어 내는 1,500바이트의 생기부 기록(500바이트마다 한 번씩 몸이 뒤틀린다) 정도인 내가 과연 누군가 읽을 만한 글을 쓸 수 있을지도 걱정이었다. 그것도 어쩌면 아무도 궁금하지 않을 우리의 이야기를 말이다. 그저 수요 없는 공급이 아닐까?

하지만 무엇보다도 지윤이와 내가 했던 가장 큰 걱정은 우리가 솔직하게 글을 쓰면 그 글이 사람들에게 위로가 될까 하는 것이었다. 사실 7년간의 긴 타지 생활의 외로움과 반복되는 좌절을 겪으며 지쳐 있는 지윤이에게 조금이라도 힘을 주고 싶은 마음으로 같이 뭐라도 해 보자고 권유해 도전한 것이 뮤즈 세종 오디션이다. 감사하게도 우리가 만든 노래를 사람들에게 들려줄 수 있는 기회를 얻게 되었고, 노래와 책도 만들 수 있게 되었다. 누군가 고맙게도 안 유명한 우리의 노래를 듣고, 부족한 글을 읽어 주신다면 감사한 그분께 윤슬처럼 반짝이고 구름처럼 포근한 마음을 전하고 싶었다. 그렇지만 우리가 쓰는 글에서는 자꾸만 슬픈 표정이 드러났다. 3분 내외의 짧은 노래 속에서야 우리의 반짝이는 모습만을 걸러서 담아낼 수 있다지만, 긴 시간에 걸쳐 여러 개의 글을 적다 보니 우리의 요동치는 감정들이 여실히 드러날 수밖에 없었다. 감정을 어느 정도 정제해서 쓰는 글임에도 불구하고 꽃구름이 아닌 비구름 챕터에 들어갈 만한 글들만 채워지고 있었다.

지윤이가 물었다.

"언니, 글을 쓸 때 얼마나 솔직해야 할까요? 정말 백 퍼센트 솔직하게 글을 쓰면 사람들이 우리 노래 들으면서 우울할 것 같아요."

"나름 공연 때마다 '저희는 일상의 반짝임을 노래하는 윤슬로입니다.'라고 소개하는데, 책에 너무 우울한 글만 쓰면 안 되겠지?"

고민 끝에 우리는 그래도 적당히 솔직한 글을 쓰자는 결정을 내렸다. 내면의 밑바닥까지 드러내는 글은 아니더라도 슬플 때는 슬픈 대로, 기쁠 때는 기쁜 대로 일단 써 보자고 했다.

우중충한 하루 속에서도 잠깐의 반짝이는 순간들을 붙

들어 보고자 애쓰는 우리의 모습이 누군가에게는 위로가 되지 않을까?

왜 슬픈 날 바닥을 치다 못해 지하까지 파고 들어가는 우울한 노래를 들으며 위로를 받은 경험이 모두에게 있지 않나? 또 가끔은 "무슨 일 있어? 괜찮아! 다 잘될 거야."라는 해맑은 위로보다는 "나와! 같이 치맥이나 하자."라는 말로 나를 불러내 자초지종을 굳이 묻지 않는 친구의 마음이 더 필요한 날이 있지 않은가.

누군가 우리 책을 통해 힘든 날들을 함께 살아가는 처지에서 싹트는 전우애 같은 것을 느끼셨으면 좋겠다. 허우적대는 서로를 붙들어 주고자 바들바들 힘겹게 뻗는 손의 온기를 느끼셨으면 좋겠다. 비록 오늘 우리가 띄운 구름이 시커먼 먹구름일지라도, 부디 그 구름이 당신의 창가에 닿아서는 시원한 소나기로 쏟아지길, 그 비가 그친 뒤엔 예쁜 무지개가 뜨길 바라는 마음을 스페이스 바와 엔터가 만드는 빈 공간마다 꼭꼭 눌러 담아 본다.

나의 오디션

미술 학원 유치부를 다니던 이지윤 어린이는 가끔 아니, 자주? 선생님들과 친구들을 한자리에 불러 모아 그 앞에서 춤을 추며 노래를 부르는 취미를 갖고 있었다. 준비한 모든 무대가 끝날 때까지 그 누구도 관객석을 떠나면 안 됐다.

초등학생이 된 이지윤 어린이는 다행히도 소년소녀합창단에 입단했고, 바라던 대로 무대에 서는 날이 많아졌으며 더 이상 스스로 관객을 모으지 않아도 괜찮았다.

무대를 사랑하던 어린 시절 나는 끼를 마음껏 뽐낼 수 있는 아이돌이 되어야겠다고 생각했다. 당시 친하게 지내던 합창단 언니가 그런 나를 알아본 건지 같이 오디션을 보러 가자고 했다. 당시 너무 많은 지원자가 몰려 뉴스에도 보도되었던 SM 엔터테인먼트에서 주최한 청소년 베스트선발대회였다. 나는 몇 번의 오디션을 거쳐 최종 30인 안에 들게 되었고, SM 엔터테인먼트 본사로 오디션을 보러 갔었다. 카메라 테스트를 보고 연기, 춤, 노래를 뽐냈지만 아쉽게도 탈락의 쓴맛을 보았다. 이후 몇 번의 다른 오디션을 더 보았지만, 합격이라는 단어를 끝내 듣지 못했다.

그러던 어느 날 집 주변에서 드라마 촬영을 한다는 소식을 듣고 구경하러 갔다가 감독님의 눈에 띄어 엑스트라로 출연할 수 있는 기회를 얻게 되었다. 그때 배우들의 연기하는 모습과 촬영장의 분위기에 압도당해 배우가 되고 싶다는 꿈이 마음 한켠에 싹트기 시작했다. 성악을 전공하는 대학생이 된 나는 대학에 다니면서도 연기를 하고 싶은 마음에 연기 학원에 다니며 꿈을 키웠었다.

그러다 지금의 남편을 만나게 되어 나는 배우의 꿈을 접어 두고 남편과 함께 독일로 유학을 가게 되었다. 독일에서는 또 다른 오디션의 장이 펼쳐졌다. 성악 전공으로 대학원에 진학하기 위해 몇 년간 독일에서 다니고 싶은 학교들에 지원하여 오디션을 보았지만 끝내 합격을 받지 못했다.

나는 점점 사람들 앞에서 노래를 부른다는 것에 자신이

없어졌고, 더 이상 부르고 싶지도 않았다. 사람들을 불러 모아 춤추고 노래하던 이지윤 어린이는 어디로 사라졌을까?

힘들어하던 나에게 슬기 언니가 세종시에 여러 활동이 있다면서 같이 해 보자고 용기를 줬고 고민 끝에 우리는 함께 오디션에 지원했다. 나에게 오디션이란 늘 합격과 불합격으로 모든 노력과 과정이 평가되는 긴장의 순간들이었다. 불합격이라는 결과를 받아 들면 그간의 모든 노력이 부정되는 것 같았다. 그런데 이번 뮤즈 세종 오디션은 달랐다. 한 심사위원분께서 "이 팀은 노래로 관객들에게 위로를 줄 수 있는 팀이 될 것 같아요."라고 말씀해 주셨다. 그 한마디로 나는 결과와 상관없이 계속 노래를 만들고, 불러야겠다는 생각을 하게 되었다. 우리는 큰 기대 없이 임했던 두 개의 오디션에 모두 합격했다. 그래서 이렇게 책과 노래를 만들고 버스킹도 하고 있다. 오디션에 지칠 대로 지친 내가 한 번 더 용기내지 않았다면 해 보지 못했을 경험이다. 우리를 뽑아 주신 기대에 걸맞게 따뜻함이 담긴 음악과 글을 통해 관객들에게 위로를 건네는 팀이 되고자 한다.

앞으로 내 인생에 몇 번의 오디션이 더 남아 있을까? 몇 번의 탈락과 합격이 나를 기다리고 있을까?

　앞이 막막할지라도 나를 응원해 주는 가족들과 친구들이 있기에 넘어져도 다시 일어날 수 있다는 것을 믿고 나아가려 한다.

비

아무도 없는 외로운 시간을 버티고 있는 요즘, 음악을 틀어 놓고 족욕을 하는 시간이 많아졌다. 족욕을 하며 창문을 바라보다 문득 '음악을 듣고 있는데도 적막한 것 같은 이 느낌은 뭐지?' 싶었다.

막 울적해지려는 그때 갑자기 엄청난 폭우가 쏟아졌다. 마구 쏟아지는 비를 보고 있는데 내가 울어야 할 것까지 하늘이 대신 울어 주는구나 싶어 속이 시원해졌다. 신기하고 기분 좋은 경험이었다.

오늘은 비 덕분에 썩 괜찮게 잠들 수 있을 거 같다.

스크래치

크레파스가 필요해. 먼저, 알록달록 온갖 밝고 채도 높은 색깔들로 도화지를 가득 채워. 그 위에다 검은색을 덮어 버려. 빈틈없이 꼼꼼하게. 이제 송곳이나 젓가락처럼 단단하고 뾰족한 것이 필요해. 그걸로 검은색으로 뒤덮인 종이를 긁어 봐. 그 안에 갇혀 있던 오로라 빛, 무지갯빛 색채들이 드러나 우주도 되고, 바닷속도 되고, 불꽃놀이가 펼쳐지는 밤하늘도 될 거야.

자, 이젠 너의 마음 검은색을 긁어내 보자. 두려움, 불안, 좌절, 상처로 아주 빼곡하게 덧칠한 너의 마음 어둠을 걷어내 보는 거야. 뾰족하고 단단한 것이 필요해. 단단한 마음, 그리고 상처 나는 걸 두려워하지 않는 용기 말이야. 이제 긁어 볼까? 그러면 그 안에 가둬 놓았던 온갖 예쁜 빛깔들이 나올 거야.

나에게 건네는 화해

왜일까? 사회생활을 하며 나는 내 잘못이 아닌 일에도 쉽게 사과하고, 날카로운 말들은 한 귀로 듣고 한 귀로 흘리며 살아가는 방법을 터득했는데. 그런데 왜 여전히 스스로에게 사과하고, 내 자신과 화해하는 것은 이렇게도 어려운 건지. 어찌 되었건 나는 나를 데리고 살아가야 하는 건데.

걷다가, 걷다가 끝끝내 조용히 나를 따라오는 눈칫밥에 쪼그라든 그림자를 보며 말해 본다.

"미안, 널 외면해서. 널 외딴곳에 남겨 두고 가려고 해서."

구름

한 점 구름 없던 나의 하늘에
새털처럼 날아든 어떤 이름

아름아름 망설이던 단어들을
구깃구깃 접어서 꽂아 두어도
자꾸만 뭉게뭉게 피어나는 마음

그리움을 시름을 가득 머금은
한여름 비구름이
어스름 새벽녘까지 쏟아 내던 그 길고 긴 울음

그 이름 머물렀던 자리마다
새까맣게 번져 가는 그을음을
잊고자, 지우고자 오름에 올라 본다

잊으려고 한 걸음, 지우려고 한 걸음

한달음에 다 올라 바라본 하늘에
아직도 양 떼처럼 늘어선
그 이름을 어쩌지 음음, 어쩌지

꽂이

어머나, 언제 저리 피었지?
등나무 벤치 분홍 꽃이 바람결에 날아와
이마 위에 살포시 내려앉는다.
너는 봄볕 같은 웃음을 짓지.
"예뻐?" 하며 나는 굳이
굳이 꽃잎 하나를 더 따다가
네 볼에도 붙여 본다.
소중히도 꽂아 둔 그날을 펼치자
곳곳이 퍼져 가는 라일락 향기
그 봄날에, 꽃잎을 하나씩 달고 너와 나는
푸른 여름날을,
노란 가을을,
반짝이는 겨울을 맞이하는
꿈을 꾸지, 꾸었지, 꾸었었지.

Chapter 3

뜬구름

두둥실 떠다니는 자유로운 삶을 꿈꾸며

오늘도 뜬구름 잡는 소리를 해 대는 나와 당신에게

Flow Slowly

윤슬로 EP 〈구름꽃이〉, 2023년 11월 5일 발매

있잖아요 난

천천히 그렇게 흘러가는 것들이 좋아요

하늘의 뭉게구름, 구름을 품은 강물

강물에 떨어진 나뭇잎에 작은 애벌레

멈춰 있는 것 같아도 멈춘 게 아니에요

나중에 다시 보려면 거기 없다니까요

그러니 이 순간을 나와 함께 지켜봐 줘요 그대

Flow slow slowly 천천히 흘러가요

밤새워 그렇게 나와 춤을 춰요

Flower slow slowly 천천히 꽃피워요

마침내 어여쁜 꽃 한 송이를 피워 내요 우리

난 잔잔히 그렇게
반짝이는 것들이 소중해

나를 보는 그대의 반짝이는 두 눈과
강물에 비쳐 잔잔하게 반짝이는 윤슬
영원할 것만 같아도 영원하진 않아요
나중에 다시 보려면 거기 없다니까요
그러니 이 순간을 나와 함께 행복해 줘요 그대

Flow Slowly

구름은 움직인다. 구름이 움직이는 것을 보려면 나는 멈춰야 한다. 멈춰서 한동안 하늘을 응시해야 한다. 그러면 알게 된다. 구름은 계속 흘러가고, 단 한 순간도 하늘의 색과 모양이 똑같지 않다는 것을.

우리는 줄곧 빨리 움직이는 탓에 천천히 움직이는 것들을 잘 보지 못한다. 그래서 때론 착각한다. 그것들이 늘 같은 자리에 있을 거라고. 그렇지만 구름은 흘러가고, 강물도 흘러간다. 그래서 아름답다. 멈춰 있지 않아서, 영원하지 않아서. 가끔은 천천히 움직이는 것들을 응시하며 살고 싶다고 생각한다. 그것들을 붙잡을 수는 없으니 그 피사체들이 우연히 내 시야에 들어온 그 영원하지 않을 순간을 즐기고 싶다.

초보 버스커의 좌충우돌 버스킹 일지

우리는 올해 세종시 문화관광재단의 거리 예술가로 선발되어 지역 곳곳에서 버스킹을 하게 되었다. 유럽 여행을 하며 길거리에서 자유롭게 버스킹을 하는 뮤지션들을 보며 그런 낭만적인 경험을 해 보고 싶었는데, 우리에게도 기회가 온 것이다. 낭만적일 줄만 알았던 버스킹은 생각과 달리 시행착오의 연속이었지만 그래도 몇 번의 버스킹을 경험하며 조금씩 거리 공연의 재미를 알아 가고 있다. 버스킹과 관련된 우리의 성장 기록을 남겨 보았다.

우리가 특히 괄목할 만한 성장을 이룩한 분야는 악기 나르기 분야이다. 처음 버스킹을 나갈 때 우리는 패트와 매트 같은 환장의 듀오였다. 크고 무거운 건반부터 건반 스탠드, 보면대, 카혼, 젬베, 여러 가지 타악기 등… 생각보다 들고 나갈 것이 많았다. 둘이 영차영차 옮겨서 작은 차에 겨우

실으면 사람이 앉을 자리가 없어 넣고 빼기를 반복했다. 공연 장소에 도착하고 나면 이미 모든 체력을 소진하여 공연할 때는 팔을 바들거리며 피아노를 쳐야 했다. 그랬던 우리가 이제는 하나, 둘, 셋을 외치지 않고도 눈빛만으로 사인을 주고받으며 악기를 척척 들어 옮기고, 좁은 차 안에 테트리스를 하듯 빈틈없이 착착 짐을 싣는 환상의 콤비가 되었다.

공연 중 가장 난감했던 사건은 바로 우리의 첫 공연, 첫 곡에서 벌어졌다. 공연 시작 전 비가 많이 왔지만, 다행히 공연 직전에 그쳐 예정대로 시작되었다. 하지만 우리 순서가 되자 바람이 불고 비도 한두 방울씩 떨어지기 시작했다. 홍보용 배너가 바람에 자꾸만 쓰러졌다. 5월, 따사로운 봄날의 야외 공연을 상상하고 준비해 간 봄 내음 물씬 풍기는 선곡들이 무척 뻘쭘해지는 을씨년스러운 날씨였다. 첫 곡은 〈산책〉이었다. 확실히 산책하기 좋은 날씨는 아니었지만 어쨌든, 노래가 시작되었다. 노래의 중반부 정도가 되었는데 예상치 못한 일이 벌어졌다. 아이패드의 악보가 뒷장으로 넘어가질 않는 것이었다. 아무리 넘겨 보려 애를 써도 멈추어 버린 화면은 꿈쩍도 하지 않았다. 거금을 들여 장만한 아이패드가 이렇게 뒤통수를 칠 줄이야. 순간 머릿속이 하얘짐과 동시에 "망했다."라는 세 글자가 눈앞에 보이는듯했다. 이미 중간까지 부른 노래를 멈출 수는 없었다. 지윤이가 "보고 싶어라 그리운 그 얼굴 물로 그린 그림처럼 사라지네"라는 부분을 부를 때 가사처럼 나도 그 시공간에서 사라지고 싶었다. 어찌어찌 대충 생각나는 음들을 누르긴 했지만 형편없는 첫 곡이었다. 그 뒤의 곡들은 어떻게 했는지 기억나지 않는다. 그날 나는 문명의 이기를 포기하고 아날로그로 돌아가겠다고 다짐했다.

큰 깨달음을 얻은 나는 두 번째 버스킹에는 종이 악보를 파일에 야무지게 꽂아서 들고 갔다. 그날은 주차장에서 공연 장소까지 꽤 많이 걸어야 했다. 공연 장소에 도착해서 세팅하는데 보면대 목 부분이 갑자기 부러져 버렸다. 공연까지 남은 시간은 20분, 나는 무더위를 뚫고 다른 보면대를 가지러 주차장까지 왕복 1.2km를 전속력으로 다녀와야 했다. 더위에 녹아내린 상태로 공연이 시작되었다. 여기서 끝이 아니다. 첫 곡을 시작하는데 구름 한 점 없이 맑던 날씨에 갑자기 바람이 불기 시작했다. 그리고 종이 악보가 바람에 넘어갈락 말락 팔랑대는 것이 아닌가. 첫 공연은 악보가 넘어가야 할 순간에 넘어가지 않아서 망했다면 두 번째 공연은 넘어가지 말아야 할 순간에 자꾸만 넘어가려 했다. '바람아, 멈추어 다오.'를 속으로 몇 번이나 외쳤을까. 다행히 중간에 악보가 바람에 넘어가지 않고 끝났지만, 나의 멘탈은 이미 바사삭이었다. 디지털도 아날로그도 아니라면 결국 나의 형편 없는 기억력에 의존해야 하는 것일까?

버스킹 고수의 길은 아직 멀지만 그래도 우리의 노래로 길 가던 누군가에게 잠시나마 즐거움을 줄 수 있는 경험은 이전에 해 본 적 없던 소중한 경험이었다. 작은 일렁임과 반짝임이 필요한 곳으로 우리 윤슬로는 기꺼이 짐을 싸 들고 나갈 준비가 되어 있다. 불러주세요!

감자가 익어 가는 시간

저는 지금 에어프라이어 속에서 익어 가는 감자를 기다리고 있습니다. 감자는 제가 가장 좋아하는 구황작물입니다. 오늘 아침 직장 동료분께서 햇감자가 담긴 종이 가방을 주셨어요. 열어 보니 강원도에서 왔다는 흙내음 물씬 나는 동글동글 예쁜 감자들과 대천에서 왔다는 고구마처럼 생긴 난생처음 보는 홍감자가 들어 있었습니다. 혼자 사는 저에게 귀한 감자를 챙겨 주시는 마음에 감동했답니다. 한동안은 자극적인 배달 음식에 꽂혀 있었는데, 요즘엔 다시 건강하게 먹으려고 노력하는 중이거든요. 배달 음식에서 나오는 플라스틱 쓰레기의 양에 죄책감을 조금 느끼기도 하고요. 그렇지만 요리를 잘하지 못하는 저에게 장을 보고, 요리하고, 뒷정리하는 일련의 과정이 여간 어려운 것이 아니에요. 요즘은 밀키트도 잘 나오지만, 저 같은 게으름뱅이에게는 밀키트의 포장을 벗기고, 재료를 다듬고, 조리하는 과정, 그 과정에서 나온 포장 쓰레기를 처리하는 과정들도 모두 귀찮답니다. 그런 저에게 감자는 며칠간 유용한 에너지 공급원이 될 것 같습니다. 감자전도, 감자튀김도, 감자볶음도 다 맛있지만, 포털 사이트에 검색해 나오는 방법 중 가장 간단해 보이는 에어프라이어로 180도에서 30분 돌려 먹기를 택했습니다. 그래서 지금은 감자가 익어 가는 중이고요.

감자는 하지쯤에 수확한 감자가 가장 맛있다고 하던데, 지난주가 하지였으니 이 감자들은 아주 맛있을 것 같아요. 하지는 일 년 중 해가 가장 긴 날이지요. 다시 말하면 밤이 가장 짧은 날이기도 하고요. 셰익스피어의 〈한여름 밤의 꿈〉도 바로 이 하지의 전날, 그 짧은 밤에 일어난 초자연적이고 신비로운 일들을 다룬 희곡이라고 해요. 그 희곡을 읽어 본 적은 없지만 그 내용을 바탕으로 만들어진 멘델스존의 〈한여름 밤의 꿈〉은 참 신비롭고 아름다워서 제가 좋아하는 음악입니다. 무려 17세에 서곡 작곡을 시작으로 17년 후인 34세에 완성을 했으니, 멘델스존의 인생이 담긴 음악이라 해도 과언이 아니겠죠. 38년의 짧은 생을 살다 간 멘델스존은 이 곡을 완성했을 무렵 자신의 여름이 끝나 감을 알았을까요?

인생을 24절기에 비유하자면 저는 지금쯤 어디를 지나고 있을까요? 가장 뜨거운 하지를 지났을까요? 저에게 다가올 시간이 조금은 덜 뜨거운, 햇빛보다는 달빛이 드는 시간이라 해도 서운하지는 않아요. 밤은 아름다운 것들이 탄생하는 시간이니까요. 저는 야행성이기도 하고, 세상에 오롯이 나 혼자인 듯 무언가에 깊이 집중할 수 있는 밤의 고요함을 좋아해요. 그러니 뜨거운 낮의 시간이 점점 짧아진다 해도, 멘델스존처럼 그 한낮에 세상을 감동하게 할 멋진 무언가를 만들지 못했다고 해도 서운해할 필요는 없을 것 같습니다.

우리는 천천히, 잔잔하게 살면서 뜨거운 여름을 살다 간 멘델스존, 고흐, 이상, 존레논이 경험하지 못한 적막한 가을밤의 정취와 겨울 밤 하얗게 반짝이는 설경을 경험하는 거 어때요?

요즘은 시간이 참 빠르게 흘러가는 것 같다고 느끼는데 어째 감자를 기다리는 30분은 참 더디게 지나가네요. 배가 고파서 더 그렇겠지요. 이쯤에서 글은 마무리 짓고 저는 이제 맛있게 감자를 먹어 보겠습니다. 이상, 감자를 기다리는 사람의 의식의 흐름이었습니다. 만약 이 두서없는 긴 글을 끝까지 읽어 주신 분이 계신다면 정말 감자합니다.

그리운 카페

독일 만하임은 나에게 제2의 고향 같은 곳이다. 처음 독일에 나가 만하임에 머물며 가장 많은 고생을 하기도 했지만, 좋은 사람들과의 인연으로 특별한 것 없이도 즐거움을 느낄 수 있었던 곳이다. 독일의 삭막한 겨울을 따뜻한 느낌으로 기억할 수 있게 해 준 고마운 지역이다. 그곳에 내가 정말 좋아하는 카페가 있다. 커피나 디저트가 특출나게 맛있는 것은 아니지만 카페에 머물렀다가 나오는 순간, 마치 영화 속에 존재하다가 나온 기분을 느끼게 해 주는 곳이다. 동네 주민이 아니라면 잘 모르는 카페라는 점 때문에 더 특별하게 느껴진다. 그곳에는 내가 좋아하는 사람들을 꼭 데려갔었다. 수다를 떨기도 하고 색연필과 공책을 챙겨 가서 그림을 그리기도 하며 추억을 쌓았다. 독일에서 다른 유명한 카페들을 가 봐도 나에게는 그곳이 최고의 카페로 남아 있다. 내가 만약 카페를 오픈하게 된다면 기준이 되는 곳이 아닐까?

나의 여행 스타일

여행을 좋아한다. 여행의 시작과 끝을 좋아한다. 여행을 가기 전 서점에 들러 비행기에서 읽을 책들을 고를 때의 설렘도, 여행을 마치고 돌아와 아무도 없는 빈집 현관문을 열고 들어서는 순간 비로소 찾아오는 고요한 안도감도 좋아한다.

여행의 중간 부분에서 내가 가장 좋아하는 것은 새로운 것들이 조금씩 익숙해지는 순간들이다. 여행지에 도착해 생경하리만큼 낯설지만 아름다운 풍경을 처음 마주쳤을 때, 나는 그 새로움에 압도당한다. 낯선 공기, 낯선 하늘, 낯선 음식, 낯선 거리, 낯선 사람들 속에서 내가 낯선 이방인이 되는 그 기분이 어쩐지 조금 긴장되면서도 신난다.

긴장 상태에서 누군가와 함께 있을 경우 뇌가 이를 구분

하지 못해서 함께 있는 사람 때문에 심장이 두근거리는 것으로 착각하게 되는 현상을 '흔들다리 효과'라고 한다. 어쩌면 나의 뇌도 낯선 곳에 혼자 있는 이방인이 느끼는 긴장감을 여행지와 사랑에 빠져 버린 것으로 착각하는 것일지도 모르겠다. 나는 그런 낯선 곳에서 며칠씩 머물며 낯선 모든 것이 조금씩 눈에 익고, 익숙해지는 시간을 즐긴다.

나의 첫 유럽 여행은 단체 여행이었다. 대학교 겨울 방학에 독일 뷔르츠부르크 대학에서 열리는 음악 교육 세미나에 참석할 기회가 생겼다. 평일에는 세미나에 참석하고, 주변 교육기관을 견학했다. 교육 일정이 없는 주말은 인근 도시와 국가들을 여행했다. 베네치아로 향하는 이탈리아의 고속도로에서 우리 일행이 탄 렌터카가 고장 나는 바람에 무려 8시간을 히터도 켜지지 않는 차 안에서 추위에 떨며 구조를 기다렸던 추억이 있다(한국이었으면 30분 안에 레커차가 왔겠지). 짧은 시간을 쪼개서 이곳저곳을 다녀야 했던 첫 유럽 여행은 강행군의 연속이었지만 여행의 경험치가 쌓여 가며, 또 나 자신을 알아 가며, 나에게 맞는 여행 스타일을 만들어 가고 있다.

그렇게 만들어진 나의 여행 스타일은 이러하다. 나는 가급적 한 도시에 며칠씩 머물며 같은 숙소에 묵는 것을 선호한다. 짐을 싸고 푸는 게 귀찮아서이기도 하지만 낯선 그 도시 곳곳이 조금씩 익숙해지는 것이 좋아서이다. 미리 예약을 해야만 방문할 수 있는 한두 곳 정도만 일정에 넣어 두고, 그날그날 나의 기분과 컨디션, 날씨를 고려해서 하루를 보낸다. 맛있게 먹은 식당은 여행 기간 중 두세 번씩 더 방문해서 다른 메뉴들도 도전해 보고, 특별한 목적 없이 골목을 산책하다가 우연히 발견한 소품숍에 들러 넋 놓고 구경하고, 살까 말까 망설여지는 물건이 있으면 '며칠 더 고민해 보고 계속 생각나면 다시 와서 사야지.'라고 생각하며 가볍게 돌아설 수 있는 여행을 좋아한다.

탈피는 그것이 탈피하려는 것을 닮는다고 한다. 생각해 보면 나에게 여행이란 것도 익숙한 일상으로부터 탈피하고자 하는 간절한 발걸음인 동시에, 낯선 풍경 속에 익숙하디익숙한 나의 일상을 조금씩 펼쳐 놓는 일인 것이다.

여행의 이유

익숙한 무언가가 소중한 의미를 갖게 되는 데에는 소중함을 인식할 만한 어떠한 계기가 필요하다. 어린 왕자가 여행을 통해 장미의 소중함을 깨닫게 된 것처럼.

나는 여행에 특별한 의미 부여를 하는 편은 아니다. 여행을 좋아하긴 하지만 여행을 가야 인생을 알 수 있다느니, 삶이 달라진다느니 하는 거창한 의미나 당위성을 갖다 붙이지는 않는다. 여행에서 본 특별한 풍경, 여행에서의 특별한 경험들은 일상에서 느끼지 못하는 큰 즐거움으로 도파민 분비를 촉진시켜 주지만 그 여운과 잔상은 사실 그렇게 오래가지는 않는다. 오히려 여행에서 느끼는 사소한 불편함과 피로함, 결핍들을 통해 나의 평범한 일상의 소중함을 느끼고, 그 여운이 여행이 끝나고도 지속되기도 한다.

지금은 또 다르겠지만 십여 년 전만 해도 이탈리아에서 아이스아메리카노를 찾기는 거의 불가능했다. 한겨울에도 아아를 즐기는 코리안 얼죽아인 나는 한여름의 이탈리아에서 뜨거운 에스프레소를 마시면서, 열 걸음마다 하나씩은 아이스아메리카노를 파는 카페가 있는 우리 동네가 몹시 그리웠다.

　평범하고 지겨워서 늘 벗어나고 싶은 나의 삶에도, 한발 떨어져서 보면 편안함과 익숙함에 가려졌던 소중한 것들이 참 많다는 것. 그것이 내가 여행을 통해 배우는 것 중 가장 큰 것이 아닐까. 그래서 여행을 마치고 한동안은 또 큰 불평 없이 일상의 익숙한 것들에 감사하며 살아가게 되는 것 같다. 하지만 나의 기억력은 그렇게 좋지 않기에 삶에 치이고 일상이 지겨워질 때쯤 또다시 여행을 가야만 한다.

　'삶은 여행처럼, 여행은 삶처럼'

　일상의 익숙함 속에서 새로움과 특별함을 발견하고, 여행의 낯선 것들 속에서 익숙함을 만들어 가는 것. 이것이 나의 모토이자 내가 여행을 떠나고, 돌아오고, 또다시 떠나는 이유이다.

나의 여행 메이트

혼자 가는 여행도 좋고, 친구와 함께하는 여행도 좋다. 친분이 두터운 친구보다는 여행 스타일이 잘 맞거나, 다르더라도 어느 정도 서로의 여행 스타일을 이해하고 절충할 수도 있는 친구와 여행한다. 매일매일 알차고 빼곡한 일정으로 여행지의 모든 관광지와 유명 맛집을 다 섭렵하고 싶고, 그 모든 일정을 반드시 '함께'해야만 하는 친구와는 여행하기가 힘들다. 또한 하루에 한 번은 반드시 한식을 먹어야 하거나, 익숙하지 않은 모든 음식을 꺼리는 친구는 아무리 친해도 여행을 2박 3일 이상 같이 갈 수 없다. 잃기에는 서로에게 소중한 우정이며 시간이며 비용임을 알기에.

나와 여행 스타일과 관심사는 다르더라도 모든 일정을 꼭 함께하기를 원하지 않는 독립적인 친구는 나에게 베스트 여행 메이트이다. "너 쇼핑하고 와. 그동안 나는 저기 카페에서 책 읽고 있을게."라고 말해도 서운해하지 않는 친구. 어떤 날은 하루의 일정을 온전히 함께하기도 하고, 서로 원하는 일정이 다른 어떤 날은 각자의 하루를 보내고, 저녁을 같이 먹으며 맥주 한 잔과 함께 자신의 하루를 나누면 그것도 그 나름대로 즐거움이다.

그런 점에서 지윤이는 나의 베스트 여행 메이트이다. 우리는 무엇이든 잘 먹고, 잘 걷고, 목적 없이 돌아다니는 시간을 즐거워하며, 맛있는 것과 멋진 풍경에 잘 감동하니까. 그리고 내가 쓸데없는 것을 사려고 하거나 다 먹지 못할 만큼 많이 주문하려고 할 때마다 잘 말려 주니까.

여행, 기대

여행, 그리고 기대에 대한 글이다. 일본에는 '파리 증후군'이라는 병명이 실제로 존재한다고 한다. 파리에 대한 오랜 기대를 품은 여행자들이 파리에 가서 경험하는 현실과 환상의 괴리를 극복하지 못하여 겪는 충격과 스트레스로 심하면 신체적 증상까지도 나타난다고 한다.

여행에서 지나친 기대는 금물이다. 리뷰를 보며 설레는 마음으로 예약하고 먼 길을 찾아, 또 긴 웨이팅 끝에 방문한 맛집에서 실망하기도 하고, 인터넷에 게시된 사진과는 사뭇 다른(한번은 거실의 통창 바다 뷰를 보고 예약한 숙소가 하루 중 아주 짧은 순간을 제외하고는 시커먼 갯벌 뷰였다) 컨디션에 화가 난 적도 있다.

다행히 여행을 거듭할수록 쌓인 노하우로 이런 시행착오

는 많이 줄었고, 이전보다는 기대도 실망도 덜 느끼는 다소 무덤덤한 사람이 되었기에 크게 실망하거나 언짢은 일은 별로 없다. 그렇지만 '매사에 기대를 내려놓자.'라는 태도로 일상을 살다가도 비행기를 타는 순간 나의 셀프 제어 기능은 고장 나버리고 다시금 기대를 품게 된다. 아주 많은 기대를 하고, 부담스러우리만큼 지나친 환상을 품고 갔음에도 그 모든 기대와 환상에 부응하고도 남는 감동의 순간들을 경험했기 때문이다. 심리학적 용어로 간헐적 보상이라고나 할까? 마치 슬롯머신처럼 예상치 못하는 간격으로 터지는 그 보상 때문에 나는 또다시 어디론가 떠나는 표를 끊는다. 열에 한두 번 나의 기대를 가뿐하게 뛰어넘는 그 잊지 못할 순간들 때문에 열에 아홉 번은 실망하더라도 또다시 기대를 품게 된다. 그런 순간들을 몇 가지 소개해 보려고 한다.

1. 돌아오라 소렌토로

중학교 음악 시간 가창 시험으로 〈돌아오라 소렌토로〉를 불렀다. 유럽이라고는 구경도 못 해본 한국의 중학생은 멀고 먼 그곳의 바다와 햇빛이 얼마나 아름다운지를 예찬하는 가사를 외워서 불렀다.

가창 시험 점수는 기억나지 않지만, 나에겐 언젠가 소렌토에 가 봐야겠다는 의지가 남았다. 이십 대 후반 처음 방문한 소렌토에서 난 그 노래의 작사가가 얼마나 절제하면 가사를 썼는지 알게 되었다. 이 바다와 햇빛을 어떻게 한 줄로 표현할 수 있나. 나라면 구구절절 10절까지도 쓰지.

기대를 뛰어넘는 소렌토의 색감, 그 선명한 노랑과 파랑의 대비, 골목 골목을 채우는 지중해의 여름 햇살과 여행자들의 설렘 가득한 표정, 정신이 번쩍 뜨이게 상큼한 레몬 슬러시의 맛은 나를 몇 년 만에 다시 소렌토로 돌아가게 했다. 중학교 시절 불렀던 그 노래 마지막 가사처럼.

"돌아오라 이곳을 잊지 말고 돌아오라 소렌토로 돌아오라"

2. 여왕의 기사

집 앞 만화책 대여점에서 빌린 만화책을 밤새워 읽던 그 시절, 수많은 만화책 중에서도 내 인생 만화책 Top 3를 선정하자면 무조건 들어가는 책이 있다. 주인공 소녀가 독일 노이슈반스타인성에서 길을 잃으며 시작되는 로맨스 판타지 《여왕의 기사》이다. 그때부터 그 이름도 어려운 노이슈반스타인성에 가는 것이 버킷리스트에 추가되었다. 두 번째 독일 여행에서 드디어 그 버킷리스트를 달성할 수 있었다. 노이슈반스타인성을 보러 가는 길은 쉽지 않았다. 기차를 몇 번 갈아타고, 버스도 타고, 마지막엔 말이 끄는 마차를 타고 숲길을 가야 했다. 나의 육체는 도착하기 전에 이미 지쳤지만, 마차를 타는 순간부터 나의 마음은 기꺼이 현실을 벗어나 판타지의 세계로 떠날 준비가 되었다. 마리엔 다리에서 보는 성의 풍경은 동화 속의 한 장면이었다. 주변에 펼쳐진 숲과 호수와 들판과 하늘 모두 현실성이 없었다. 왜 월트디즈니가 꿈과 환상의 세계로 들어가는 모든 디즈니 영화의 첫 장면에 이 성을 등장시키는지 굳이 설명하지 않아도 납득할 수 있었다. 현실과 판타지의 세계를 연결해 주는 관문으로 이곳보다 적합한 곳이 어디 있을까. 지금도 가끔은 팍팍한 현실을 벗어나 노이슈반스타인성에서 길을 잃고 싶다.

3. 꿈과 환상의 나라

어린 시절 나의 꿈은 월트디즈니에 입사하는 것이었다. 그저 어린 시절 막연한 꿈이라고 치부해 버리기에는 그 꿈을 이루기 위해 작곡 전공을 하고, 혈혈단신으로 미국 유학 길까지 올랐으니 꽤 오랜 시간 그 꿈에 다가가는 길을 모색했던 셈이다. 결국은 그냥 꿈은 꿈으로 남겨 두고 더 현실적인 길을 선택해 버렸지만 말이다. 그러니 플로리다 올랜도에 있는 디즈니월드를 방문했을 때의 나는 이생에서 못다 이룬 꿈에 대한 아쉬움과 오랜 세월 간절히 염원하던 소망을 눈앞에서 마주한다는 기쁨이 뒤엉켜 굉장히 흥분한 상태였다. 디즈니월드의 하이라이트라고 할 수 있는 신데렐라성(위에 언급한 노이슈반슈타인성이 그 모티브이다)에서 펼쳐지는 불꽃놀이는 내가 평생 꿈꾸던 순간이었다. 그날, 하루 종일 걷기 힘들 정도의 폭우가 쏟아졌기에 불꽃놀이가 가능할지 걱정했지만, 자본주의는 위대했다. 비에 젖은 폭죽이 조금은 힘겹게 날아가기는 했지만 〈When you wish upon a star〉 멜로디와 함께 신데렐라 성 위로 폭죽이 터지던 그 순간은 나의 모든 기대를 뛰어넘는 감동의 순간이었다. 자본주의가 만들어 낸 가장 아름다운 산물이 아닐까 생각한다.

4. 천지창조

미켈란젤로의 〈천지창조〉. 그 유명한 그림을 모르는 사람은 없을 것이다. 그런데 아무도 내게 〈천지창조〉가 얼마나 큰 그림인지 말해 준 적이 없었다. 나는 유명한 사람이 그린 유명한 그림을 보러 가는 것을 굉장히 기대했지만 내가 기대했던 아담과 하나님이 손가락을 대고 있는 부분은 전체 작품(〈최후의 심판〉)의 극히 일부였다. 시스티나 성당의 천장을 가득 채운 천장화의 예상치 못한 어마어마한 크기에 완전히 압도당하게 되었다. 그림에 담긴 수많은 이야기와 위대한 화가 미켈란젤로의 천재성은 차치하고서라도 그 크기와 공간이 주는 분위기만으로도 감동하여 말문이 막혔다. 애초에 특정한 공간을 위해 그려진 예술 작품이기에 완벽하게 공간의 일부가 되어 공간을 구성하고 있는 다른 요소들과 말로는 표현하기 힘든 공명을 만들어 내는 것 같았다. 시스티나 성당 예배당을 향해 걸어가며 지나치는 모든 공간이 완벽한 빌드업이었다고나 할까. 미술관에 수집해 놓고 진열해 놓은 작품을 보는 것과는 또 다른 감동이 있었다. 이후에도 많은 유명한 미술 작품을 봤지만, 〈천지창조〉를 처음 봤을 때의 그 감동을 넘어서는 작품은 아직 없었다. 물론 각각의 작품들이 주는 감동의 성격이 다르지만, 내가 앞으로 보게 될 작품들은 미켈란젤로의 〈천지창조〉와 겨루어야 하니 안됐다. 유럽 여행을 계획하시는 분이 계신다면 로마와 바티칸은 아껴 두었다가 마지막에 가시길 추천한다.

때로는 기대했던 부분에서 실망도 하고,
기대치 않았던 것에서 즐거움을 맛보기도 하고,
기대를 뛰어넘는 감격을 느끼기도 하는 것.
그 모든 것을 떠나기 전에는 정확히 예측할 수 없다는 것이 여행의 매력 아닐까.

돌고래를 만날 때까지

아침 일찍 용눈이 오름을 오르려 했는데 비가 많이 와서 취소했다. 마침 세화 오일장이 서는 날이니 주전부리를 사다가 숙소에서 책이나 읽으며 시간을 보낼까 했는데, 시장에서 체리를 한 봉지를 사 들고 나오니 감쪽같이 날이 개었다. 이대로 들어가긴 아쉬운 마음에 바다를 따라 걷는다. 배낭 속 텀블러에 숙소 사장님이 내려 주신 아이스아메리카노가 들어 있어 걸을 때마다 달그락달그락 경쾌한 소리가 난다. 얼음 부딪히는 소리를 메트로놈 삼아 걷는다. 오늘은 어디까지 걸어 볼까? 어제 누가 평대 앞 바다에서 돌고래를 봤다던데. 나도 남방큰돌고래를 만날 때까지 걸어 보자. 또다시 내 뜻대로 되지 않을 계획을 세워 본다. 어차피 삶도 여행도 계획대로 되는 것이 아니니까. 내 뜻대로 되지 않을 작은 행운들을 기대하며 살아가는 하루는 즐겁구나. 오늘 내가 돌고래를 만날 수 있을지는 모르겠지만 적어도 돌고래 떼가

지나갈지도 모르는 바다를 바라보며 희망을 품고 걷고 있으
니 그럭저럭 괜찮은 하루다.

파도 멍

제주 201번 버스를 타고 동쪽에서 남쪽으로 가다 보면 주요 관광지에서 조금 벗어난 위미리라는 동네가 나온다. 그곳에 창가에 앉아 한참 동안 파도 멍을 때릴 수 있는 작지만 멋진 카페가 있다. 나만의 제주 랭킹에서 파도 뷰 분야 1위를 차지하고 있는 곳이다. 날씨에 따라 바다와 하늘이 달라지니 이곳의 분위기는 늘 다르다. 빗소리와 파도 소리, 카페의 음악 소리, 사람들의 나지막한 대화 소리가 어우러진 소리 풍경 속에서 아이스아메리카노를 마시며 파도를 바라본다.

흐리고 비가 오는 날씨 때문에 오늘의 바다는 검고, 바다와 하늘의 경계는 흐릿하다. 어디까지가 바다고 어디부터가 하늘인지 가늠할 수 없다. 가늠할 수 없음은 두려움이 된다. 어제저녁 산책길에 만난 세화 바다의 반짝이는 윤슬은

나를 어루만지며 위로를 주었는데 오늘 위미리 바다의 파도
는 나를 순식간에 산산조각 내서 흔적도 없이 삼켜 버릴 것
처럼 거칠다. 바다를 바라보며 나는 엄청나게 용감해지기도
하고, 엄청난 두려움에 휩싸이기도 한다.

바다는 크고 인간은 작다. 방에 있을 때는 온 방을 가득
채울 만큼 커다랗던 나의 두려움들이 끝을 알 수 없이 넓은
바다 앞에서는 파도 한 조각 거리로 보이는 것이 신기하다.
파도가 바위를 세차게 때리며 부서질 때마다 나의 자의식도
조금씩 깎이고 부서지는 것 같다. 한참 동안 파도 멍을 때리
며 적당한 크기로 작아진 나의 자의식 덕분에 조금 가벼운
발걸음으로 숙소로 들어갈 수 있겠다.

바퀴벌레와의 추억

3년 전 여름, 언니와 남동생이 독일에 왔었다. 우리 세 남매가 먼저 파리로 여행을 다녀온 후 남편도 같이 스페인 마요르카로 떠났다.

우리는 차를 빌려 다녔는데 마요르카의 길이 정말 좁다는 것을 익히 들어 알고 있었지만, 갈수록 더 좁아지는 골목에 긴장하며 다녔던 기억이 난다.

네 명 다 물을 좋아해서 외출 준비를 할 때면 바닷가에 들어갈 생각으로 무조건 옷 안에 꼭 수영복을 입었고 차 안에 물놀이용품을 실었다. 우리는 매번 다른 바닷가를 찾아갔고 일정을 마치고는 숙소에 있는 수영장에서 놀았다. 물놀이를 위한 여행이었다고 봐도 무방하다.

마요르카 여행을 생각하면 바로 떠오르는 것이 바퀴벌레다. 잠을 자기 전 각자의 시간을 보내고 있었는데 갑자기 동생이 "오 마이 갓!!!"을 외치며 모두를 불렀다. 모두 거실에 모여 동생이 가리키는 곳을 봤더니 태어나서 본 바퀴벌레 중에 가장 큰 놈이 벽에 떡하니 붙어 있었다. 우리는 초비상 상태가 되었다. 동생은 바퀴벌레를 가둬 버릴 냄비 뚜껑을 들고 남편은 벌레를 칠 무기를 만들어 벌레와의 전쟁을 시작했다. 그렇다. 언니와 나는 일찌감치 소파와 침대 위로 피신해 말로만 전쟁에 참여했다.

네 명 다 벌레를 잘 못 잡는데 심지어 너무 큰 바퀴벌레다 보니 오랜 시간이 걸렸다. 결국은 여러 시도 끝에 남편이 바퀴벌레를 쳤고 놀란 바퀴벌레는 바닥으로 내려와 빠르게 나와 언니가 있는 쪽으로 달려왔다. 언니와 나는 동생에게 "가둬 버려!!!" 하고 소리쳤고 동생은 누나들이 벌레보다 무서웠는지 달려오는 벌레를 냄비뚜껑에 가둬 버렸다. 벌레가 갇힌 냄비 뚜껑을 조심스레 문밖으로 옮겨 놓고 나서야 긴장이 풀린 우리는 다음 날 직원에게 얘기하기로 하고 각자 잠을 청했다.

마지막 날의 소동이었으니 다행이지, 만약 첫날부터 바퀴벌레를 발견했다면 우리는 물놀이도 제대로 못 했을 거다. 다시 한번 바퀴벌레를 경멸하게 되었지만, 덕분에 잊지 못할 에피소드가 생겼다.

아름다운 순간에 눈물이 나는 이유

브뤼셀에서 우리가 묶었던 숙소는 빅토르 위고가 '세계에서 가장 아름다운 광장'이라 했다던 그랑플라스에 위치한 중세 시대 길드 건물이었다. 직사각형 모양 광장의 긴 변의 끝자락, 꼭짓점 가까이에 자리 잡고 있어 커다란 창문으로 그랑플라스 광장이 파노라마처럼 펼쳐지는 곳이었다. 숙소 밖에 나가지 않고 창밖을 바라만 보아도 좋았다. 그랑플라스의 모습은 하늘빛이 변할 때마다 새로웠다.

재즈 클럽에서 음악도 듣고 맥주도 한 잔씩 마시고 방에 돌아온 늦은 밤, 잠들기 전 멋진 야경을 한 번만 더 눈에 담고 싶어서 커튼을 살짝 걷었는데 그 순간 거짓말같이 눈이 내리기 시작했다. 천천히 예쁘게 내리는 함박눈이었다. 북적이던 관광객들도 모두 자러 들어가 아무도 없이 텅 비어 버린 고요한 광장에 눈이 내리는 모습이 너무 아름다워서 눈물이 났다.

우는 날 보고 지윤이가 놀리기 시작했다.

"언니, 울어? 울어?"

"아니... 너무 아름답잖아."

"아름다운데 왜 울어?"

지윤이가 계속 웃었다.

나는 눈물이 많은 편은 아니고 슬프거나 아플 때도 잘 참는 편인데 왜 그런지 가끔 아주 아름다운 것을 보면 눈물이 날 때가 있다. 지윤이는 요즘도 그때 내가 "너무 아름답잖아."라고 말하면서 우는 걸 얄밉게 따라 하며 놀린다. 올케가 시누이를 이렇게 놀린다. 나는 그날 못다 한 대답을 지금 해 보려고 한다.

내가 왜 눈 내리는 그랑플라스를 보며 울었느냐면, 죽을 때까지 잊지 못할 순간인 것 같아서. 남은 삶 동안 그리워하게 될 장면인 것 같아서. 나는 아마 그 하루에 책갈피를 꽂고, 눈이 내리던 그 순간에는 밑줄도 긋고 한동안 다시 펼쳐서 읽어 볼 거야. 그러다 또 한동안은 잊고 지내겠지. 그러다 보면 추억에 빛도 조금 바래고 먼지도 내려앉겠지만 어느 날엔가 아주 오랜만에 다시 펼쳐 보아도 자주 펼쳐서 손때가 묻은 그 페이지를 단 한 번에 펼칠 수 있을 거야. 그어 놓은 밑줄을 따라 읽다 보면 그날의 순간이 생생하게 펼쳐질 거야. 그리울 거야. 그 풍경과 온도와 음악과 냄새와 그때의 내가. 지금도 혼자 가끔 펼쳐 보는 페이지들이 있어서 그 그리움이 어떤 것인지 알거든. 그날, 그 순간도 그런 페이지가 될 거라는 것을 직감해서 눈물이 났던 것 같아. 현재가 이미 추억같이 느껴지는 기분이랄까?

이 글을 보여 주면 아마 더 놀림을 당할 것 같지만.

환상의 그랑플라스

　슬기 언니와 벨기에 여행을 했을 때의 짧은 에피소드가 생각난다. 언니와 나는 미술관도 가고 시내를 둘러보며 맛있는 것도 먹는 그런 편안한 여행을 하고 있었다.

　우리는 브뤼셀에서 머물렀는데 언니가 구한 숙소에 들어가자마자 감탄했다. 창문만 열면 그랑플라스 광장이 한눈에 보이는 숙소였다. 이런 숙소를 구한 언니도 참 능력자다. 일정을 마치고 숙소 침대에 앉아 어둡고 노란 조명의 반짝임이 가득한 광장의 야경을 감상하고 있는데 그 순간 함박눈이 내리기 시작했다. 말로 표현할 수 없을 정도로 아름다운 순간이었다. 우리는 이 분위기와 잘 어울리는 음악을 틀어 놓고 마음껏 감상했다. 나는 "와, 예쁘다."를 반복하며 사진 찍기에 바빴는데 옆에서 갑자기 훌쩍이는 소리가 들려 언니를 봤더니 눈물을 닦고 있었다. 그 순간 나는 장난기가 발동해 "엥? 울어!? 왜?? 진짜? 울어??"라고 언니를 놀렸다. 언니는 "너무 아름답잖아. 나는 이 순간을 평생 잊지 못할 거야."라는 영화 속 대사 같은 말을 하고는 더욱 크게 훌쩍이며 울었다.

지금 생각해 보면 얼마나 감동적이었으면 눈물이 났을까. 순수한 마음으로 평생 기억에 남을 순간이라고 말한 언니를 공감해 주지 못하고 놀리기만 했던 내가 너무 얄미웠겠다는 생각이 들며 미안해졌다. 하지만 다시 돌아간다 해도 똑같이 놀렸을 것 같다. 순수한 언니 덕분에 나도 잊지 못할 순간이 되었다.

재즈바

함부르크에 〈Cotton Club〉이라는 재즈바가 있다. 친한 친구 부부가 있는 함부르크에 놀러 가게 되면서 사전에 가 보고 싶은 곳들을 검색하며 찾아 놨던 곳이다. 독일에 살다 보니 신기한 점은 그곳에 사는 현지인보다 여행으로 오는 사람들이 그 지역에 대해 더 잘 안다는 사실이다. 함부르크에 사는 친구들은 그곳을 알지 못했지만, 함께 가 주고 고맙게도 같이 좋아해 주어서 뿌듯했던 기억이 난다.

나는 연주자들의 뛰어난 실력에 충격을 받았다. 그날 우리가 봤던 공연에는 연세가 지긋해 보이는 할아버지들이 모여 잼을 했는데, 악기를 연주하시는 모습에서 장인의 아우라가 느껴졌고 노래를 하신 분께는 배워 보고 싶을 만큼 대단한 고수라는 생각이 들었다.

일 년 뒤 다시 함부르크에 방문해 〈Cotton Club〉에 갔다가 역시나 또 한 번 감동적인 공연을 보게 되었다. 이번에는 라틴 재즈 공연이었는데 연주자 모두가 엄청난 실력자들이었고 공연에 참여하고 싶은 관객들을 부르더니 즉흥으로 합을 맞춰 공연을 이어 나갔다. '이것이 재즈구나.' 하며 다시 한번 재즈의 매력에 흠뻑 빠졌다.

함부르크에는 멋진 곳들이 정말 많지만, 특히 이런 재즈바가 있는 지역에 사는 친구들이 부러웠다.

갈 때 베로나

　역시 셰익스피어다. 〈로미오와 줄리엣〉 배경으로 베로나를 선택한 것이 얼마나 탁월한 선택인지 베로나를 다녀온 사람이라면 동의할 것이다. 나는 베로나를 핑크색으로 기억한다. 건물도 길도 온통 은은한 핑크빛을 뿜어내는 도시. 여름 저녁, 하늘마저 핑크빛 석양으로 물드는 시간이면 안 그래도 달콤한 이 도시에 로맨틱함을 더해 줄 오페라 축제가 시작된다. 대부분은 비극적으로 끝나는 오페라들이지만 오페라를 구성하는 서정적인 아리아의 선율은 이 도시의 핑크빛 공기와 어우러져 마법 같은 순간을 만든다. 온종일 뜨거운 이탈리아의 햇빛을 머금어 저녁까지도 여전히 뜨뜻한 고대 원형 극장(아레나) 돌계단에 걸터앉아 칼조네를 먹으며 오페라를 보던 그 순간은 2014년 여름의 하이라이트였다. 시작을 알리는 안내와 함께 아레나를 가득 채운 수만 명의 관객이 일제히 들고 있던 초에 불을 밝힌다. 고대 극장을 수

놓은 반짝이는 촛불이 만드는 경이로운 분위기에 압도되어서일까, 순식간에 웅성거림이 잦아든다. 내가 이 멋진 광경의 일부라는 사실에 스스로 감격하고 있는 틈에 서곡이 시작되고 오페라의 막이 오른다(관용적으로 막이 오른다고 표현했지만 야외 공연이라 막은 없다. 촛불 의식이 막의 역할을 대신해 주는 듯하다). 어마어마한 스케일의 무대장치가 눈을 사로잡고, 가수들의 목소리가 한여름 밤 베로나의 핑크빛 바람에 실려 공중에 떠다닌다. 공연장을 둘러싼 밤하늘도 무대의 일부가 된다. 푸치니의 오페라 〈토스카〉의 아리아 〈별은 빛나건만〉을 밤하늘의 빛나는 별을 조명 삼아 들을 수 있는 횡재를 어디서 또 만날 수 있겠는가. 2,000년 세월의 흔적이 고스란히 새겨진 돌계단에 앉아, 100여 년 전 음악을 듣고 있자면 마치 시간 여행을 온 듯한 착각이 든다. 자정이 넘어서까지 이어지는 긴 공연을 보다 보면 엉덩이도 허리도 살살 아파 오지만 그런 것들을 다 상쇄할 만큼 황홀한 경험임이 분명하다. 게다가 돌계단에 앉는 불편을 감수하기만 한다면 한국에서보다 훨씬 저렴한 가격으로 오페라를 볼 수 있다(비싼 중앙 좌석은 주로 가장 멋진 턱시도와 드레스로 한껏 멋을 낸 어르신들로 채워지는 자리인데 예술을 향유하며 나이 들어 가는 그 모습 또한 근사하다).

성악을 전공한 동생, 지윤이와 여행을 다니며 세계 여러 도시의 오페라 극장에서 오페라를 봤다. 클래식의 본고장인 유럽은 어디를 가나 훌륭한 극장과 연주자들을 보유하고 있어 눈과 귀를 만족시키지만 베로나 아레나에서 보는 오페라는 특별하다.

음악은 일상을 특별하게 한다. 시간에 기대어 존재할 수밖에 없는 예술인 음악이 여행지에서의 시간과 결합하게 되면, 그때의 시공간에는 잊을 수 없는 특별한 울림이 생긴다. 그 울림은 특정 주파수의 파장으로 기억 속에 저장된다. 다른 어떤 것으로도 대체될 수 없는.

어떤 지역을 다시 가야 할 핑계는 많다.

베로나는 고대 극장에서 보는 여름밤 오페라와 그 바로 옆 피자집의 칼조네. 다음번 이탈리아에 갈 때 또다시 베로나에 갈 것이다. 다음 방문에는 3천 원짜리 휴대용 스티로폼 방석을 꼭 챙겨 갈 것이다.

분실의 역사

나는 물건을 잘 못 챙기기로 유명하다. 실핀이나 양말 한 짝처럼 발 달린 물건들은 그렇다 치더라도 우산, 실내화 가방, 보온 도시락 통 등도 내겐 소모품과 다름없었다. 글로벌하게 펼쳐졌던 지난한 내 분실의 역사 속 몇몇 굵직한 사건들을 떠올려 보았다.

미국에서 맞이한 스물한 살 생일날, 마음에 쏙 드는 예쁜 지갑을 선물로 받았다. 그날 저녁 뉴저지 에지워터로 야경을 보러 갔다가 멋진 맨해튼 마천루 풍경에 정신이 팔려 생일이 끝나기도 전에 그 지갑을 잃어버리고 말았다. 앉았던 벤치에 떨어뜨렸는데 밤이라 안 보였던 것이다. 몇 분 안 돼서 바로 찾으러 갔지만 이미 지갑은 사라진 뒤였다. 스물한 살 생일날, 난 처음으로 경찰서에 가 보았다. 그것도 미국 경찰서에. 혹시 누군가 지갑을 주워서 가져오면 연락을 달라고 말했다. 미국 경찰 아저씨는 몹시 어이없다는 표정으로 "그거 아마 못 찾을 거야. 기대하지 마."라고 하더라. 카페에서 화장실에 갈 때 앉았던 자리를 빼앗길까 봐 소지품을 테이블에 올려 두고 가던 고국이 너무 그리운 밤이었다.

대학교 3학년 때 난생처음 공중파 방송 퀴즈 쇼에 출연하게 되었다. 너무 들뜬 나머지 방송국으로 가는 택시에 아빠가 선물해 주신 새 노트북을 두고 내리고 말았다. 대기실에서 메이크업도 받고 한껏 꾸몄지만 결국 우울하고 그늘진 표정으로 스튜디오에 들어갔다. 카메라에 불이 들어오고 녹화가 시작되려는 바로 그 순간! 피디님이 "잠시만요, 오늘 출연자분들 중에 아침에 택시에 노트북 두고 내리신 분 계시나요?"라고 하시는 게 아닌가? 친절하신 택시 기사님께서 방송국 경비실로 노트북을 가져다주신 것이다. "저요! 제가... 오늘 아침에 흑흑... 감사합니다." 하고 말하는데 왈칵 눈물이 터졌고, 모든 방청객분이 일제히 박수와 환호를 보내 주셨다. 퀴즈 쇼에 참가해 퀴즈를 풀기도 전에 울면서 감사 소감을 말하고 박수를 받은 사람이다, 내가. 내 인생에서 가장 극적인 순간이었다. 기분이 급좋아진 나는 그날 준우승을 했고, 잃어버릴 뻔한 노트북을 되찾았을 뿐 아니라 여행 상품권과 김치냉장고도 함께 얻었다.

나는 여행지에서 산 자석을 모으는 취미를 가지고 있다. 독일의 여러 소도시, 오스트리아의 잘츠부르크와 주변 도시들을 거쳐 프라하에 도착했다. 들렀던 도시마다 신중하고도 진지하게 가장 마음에 드는 자석을 골랐다. 디자인이 예쁘면서도 너무 흔하면 안 되고, 도시의 상징을 특색 있게 잘 담아내면서도 이전에 모아 뒀던 자석들과 함께 전시했을 때 잘 어우러져야 하기에 자석을 고르는 일에는 꽤 많은 정성과 시간이 들어간다. 그런데 프라하에서 묵었던 숙소에 그 여행에서 모은 자석이 전부 들어 있는 종이 가방을 두고 온 것이다. 그 사실을 체코 여행을 마치고 독일에 돌아간 후 알게 되었다. 나는 마치 여행 전체가 의미를 잃은 듯한 허무함을 느꼈다. 큰 기대를 하지는 않은 채 숙소로 메일을 보내 그 자석들이 나에게 얼마나 의미가 큰지를 설명했고 지윤이가 사는 독일 집 주소를 보냈다. 사실 자석들의 값어치를 따져 봤자 국제 택배비만큼도 되지 않겠지만 그 비용을 지불하겠으니, 자석을 보내 달라고 간곡히 부탁했다. 속으로는 혹여 택배비로 터무니없는 가격을 부르더라도 지불해야겠다고 마음먹었다. 그런데 웬일! 같은 숙소에 오래 머물며 얼

굴을 익혔던 직원이 오히려 너에게 의미 있는 물건을 찾아
줄 수 있어 기쁘다는 답장과 함께 택배비도 받지 않고, 독일
로 자석들을 보내 주었다. 너무 고마웠다. 이제 나에게 형제
의 나라는 체코다. 그해 프라하의 겨울은 귀가 떨어질 듯 추
웠지만 프라하를 떠올리면 마음이 훈훈해진다.

　마지막은 가장 최근인 지난겨울 브뤼셀에서 있었던 일이
다. 나와 지윤이와 동생, 셋이 네덜란드를 여행 후, 동생은
일 때문에 먼저 독일로 돌아가고, 지윤이와 둘이서 벨기에 여
행을 이어 갔다. 브뤼셀 여행 첫날 로컬 마트에서 통통한 왕
오징어 몸통을 발견했다(유럽은 지리적 여건, 문화, 종교적
이유에서 오징어를 먹지 않는 나라가 많다). 유명한 벨기에
홍합을 넣고 끓여 먹으려고 한국에서부터 들고 간 진짬뽕에
통통 오징어와 숙주, 홍합을 넣어 끓인 '지윤표 브뤼셀 해물
짬뽕'과 벨기에의 유명한 분홍 코끼리 맥주(파란색)를 한 잔
같이 마셨는데, 여행에서 먹은 어떤 음식보다도, 심지어 미슐
랭 식당에서 먹은 음식들보다도 맛있는 것이 아닌가(그날부
터 독일 가서 같이 라면 장사하자고 지윤이를 졸랐다). 특히
그 통통하고 부드러운 오징어를 넣은 것이 신의 한 수였다.
이 맛을 모르고 사는 모든 사람에게 미안할 정도로.

그날부터 매일 로컬 마트에 들러 오징어를 사는 것이 하루 중 가장 중요한 일과가 되었다. 몇 날 며칠을 먹어도 맨날 맛있었고 질리지 않았다. 일 때문에 먼저 독일에 돌아간 동생에게 어쩐지 조금은 미안한 마음이 든 우리는 이 맛을 그대로 독일로 가져가기로 했다. 독일 마트에서는 싱싱한 해산물을 구하기 어려우니 브뤼셀에서 우리가 넣었던 재료들과 코끼리 맥주를 사 가서 똑같이 만들어 주어야겠다고 생각했다. 천국의 맛을 느끼게 해 줄 테니 우리가 도착하는 시간까지 부디 밥을 먹지 말고, 국물에 말아 먹을 밥을 준비해 놓고 기다리라고 신신당부했다. 며칠 전에 미리 장을 봐두면 신선도가 떨어질 것이고, 독일로 돌아가는 날인 일요일은 마트가 문을 열지 않기 때문에 우리는 토요일에 오징어를 공수해야 했다. 벨기에는 주말 동안 국내 기차표가 반값이다. 그래서 토요일에 브뤼헤, 겐트 등 근교 도시 기차 여행후 마트 문 닫기 전까지 돌아와 오징어를 공수한다는 미션을 세웠다. 아름다운 겐트의 야경은 보는 둥 마는 둥(두 사람의 머릿속에는 마트 문 닫기 전에 브뤼셀로 돌아가야 한다는 생각뿐) 급히 돌아와 마트로 뛰어가 문 닫기 직전 가까스로 오징어 공수에 성공했다. 최고의 신선도를 유지하고자 독일로 출발하기 직전까지 냉장고에 보관함은 물론이다.

만족할 고객님을 생각하니 벌써 뿌듯했다.

기차가 연착되어 한밤중에 독일에 도착한 우리는 배고픔을 참으며 기다리던 동생을 위해 가방을 열었다. 그런데, 지윤이와 내 가방 어디에도 오징어가 없는 것이 아닌가?

그렇다. 오징어는 브뤼셀 숙소 냉장고에 신선하게, 덩그러니 남겨졌던 것이다. 우리는 서로를 너무 믿었던 것이다. 지난 며칠 동안 우리의 오징어 짬뽕 예찬을 들으며 시키는 대로 밥을 해 놓고 기다린 동생도, 셰프 지윤이도, 한 번 더 먹을 수 있다는 생각에 설레던 나도 모두 망연자실한 얼굴이었다. 우리 세 사람은 한동안 주저앉아 말을 잇지 못했다. 그렇게 우리가 브뤼셀에 다시 방문해야 할 이유가 생겼다.

그러고 보니 분실의 기억들이 꼭 나쁘지만은 않다.

물건은 잃어버려도 시간이 지나고 나면 잊지 못할 추억을 획득하기도 했다.

슬기의 잊지 못할 여행지 List(미술, 건축, 음악)

1. 바티칸 시스티나 성당 – 천지창조(미켈란젤로)

2. 이탈리아 밀라노 – 최후의 만찬(레오나르도 다빈치)

3. 일본 데시마섬 – 데시마 뮤지엄

4. 이탈리아 베로나 – 아레나에서 본 오페라 아이다(베르디)

5. 뉴욕 – 빌리지 뱅가드에서 들었던 재즈 연주

6. 세비야 – 플라멩코 공연

7. 뉴욕 – 중세 수도원 느낌의 클로이스터 미술관

8. 피렌체 우피치 미술관 – 봄(보티첼리)

9. 프라하의 무하 박물관 – 알폰스 무하의 작품들

10. 벨기에 겐트 성 바보 성당 – 제단화(얀 반 에이크)

지윤이의 잊지 못할 여행지 List(미술, 건축, 음악)

1. 해 질 녘 소렌토 절벽 위에서 펼쳐진 버스킹

2. 파리의 반짝이는 에펠탑

3. 파리 오르세 미술관

4. 네덜란드 형형색색의 건물들

5. 친구들과 제주도 여행을 하며 들은 장기하 4집 앨범

6. 쾰른 대성당 오르간 연주

7. 함부르크 미술관, 재즈바

8. 하이델베르크 성곽

9. 파스텔 톤 피렌체 두오모 성당

10. 퓌센 노이슈반스타인성

슬기의 잊지 못할 여행지 List(순간, 풍경)

1. 미라보 다리에서 바라본 에펠탑 불빛

2. 이스키아섬에서 바라보는 지중해 석양

3. 해 질 녘 론다

4. 콜로세움과 포로로마노의 해 질 녘 풍경

5. 시르미오네의 스칼리제르성과 가르다 호수

6. 미켈란젤로 언덕에서 바라본 피렌체 야경

7. 잘츠부르크 사운드오브뮤직 투어 버스에서 외국 어르신들과
   함께 도레미 송을 열창하던 기억

8. 암스테르담의 운하들

9. 갑작스러운 폭우가 쏟아지는 날 기차를 놓칠까 봐 택시 타고
   아말피 해안 도로 절벽 위를 전속력으로 달렸던 일(죽기 전 가
   봐야 할 곳 1위로 선정된 아말피 해안 도로에서 죽음을 맛보
   았다.)

10. 프리힐리아나의 골목과 집들

지윤이의 잊지 못할 여행지 List(순간, 풍경)

1. 아주 맑은 날의 백두산 천지

2. 헝가리 금색 빛의 야경

3. 로마 40도 날씨

4. 도둑들이 타 있는 나폴리 버스 안

5. 벨기에 숙소에서 바라본 야경, 눈 내리던 순간

6. 마요르카에서 태닝 실패로 화상 입은 친구들

7. 마요르카 숙소에 나타난 바퀴벌레

8. 니스 성곽에서 바라본 바다

9. 독일에서 새벽에 즉흥 여행으로 간 파리에서 본 해돋이

10. 제주도에서 무서운 이야기 듣고 울다가 벌레를 잡은 친구

슬기의 잊지 못할 여행지 List(음식)

1.우붓 - 코코넛 아이스크림(Tukies)

2. 베로나 - 아레나 옆 피자집(Pizzeria La Conchiglia)

3. 다카마스 - 버터우동(바카이치다이)

4. 이스키아섬 - 오징어튀김과 레몬슬러시(La capanna)

5. 프라하 - 치킨 윙(첼니체)

6. 벨기에 - 와플(Galet)

7. 방콕 - 갈비국수(아바니 리버사이드 갈비국수)

8. 제주도 - 고등어회(청파식당횟집)

9. 베네치아 - 이탈리아식 까르보나라

10. 파리 - 미라보 다리 근처 케밥(Makhlouf Paris)

지윤이의 잊지 못할 여행지 List(음식)

1. 소렌토 미슐랭 해물리조또(Ristorante Zi Ntonio)

2. 피렌체 수박슬러시

3. 프라하 코젤 맥주

4. 벨기에 와플(Galet)

5. 마요르카 레몬슬러시

6. 파리 코스 요리(Les Bougresses)

7. 프랑스니스 초밥과 해물라면

8. 제주도 성게비빔밥

9. 강릉 테라로사 커피

10. 캠핑장에서 아빠가 끓여 준 꽁치김치찌개

Chapter 4

조각구름

삐뚤빼뚤 제각각인 조각들이 모여

언젠가는 완성될

우리의 퍼즐

생각만 해도 따뜻한 기분이 드는 사람이 있다.

생각만 해도 시원한 기분이 드는 사람이 있다.

나는 어느 정도의 온도로 다른 사람에게 닿을까?

친구: 이번 앨범 제목은 뭐야?

나: 구름꽃이

친구: (잘못 들음) 구름 꼬치? 솜사탕 같은 거?

나: 오, 맞네. 솜사탕이 구름 꼬치네.

(속마음) 우리 노래들도 그렇게 달콤하고 폭신하면 좋겠다.

　　　　나중에 솜사탕 가게 차리면 가게 이름 구름 꼬치

　　　　라고 해야지.

아기가 발을 동동 구름

돌멩이가 떼구루루 구름

뭉게뭉게 뭉게구름

머릿속에 그려 보아도 포근하고

소리 내 읽어 보아도 포근한 말들

제주 동쪽 마을에 해가 지면 바다에도 별이 뜬다.

암흑같이 캄캄한 하늘과 바다 그 사이쯤에

자리 잡은 오징어잡이 배들.

밤바다를 터전 삼아 살아가는 사람들의 삶이, 고됨이

별처럼 총총 아롱지게 늘어서 있다.

아등바등 살아가는 우리 삶도

멀리서 보는 누군가에겐 별일까?

시간이 흐르면 말도 늙는다.

지난날에 나를 찌르던 날카로운 말들이 풍화하여 뭉툭해지기도 하고, 오래전 누군가 내 안에 던져 놓은, 그때는 볼품없는 돌멩이인 줄 알았던 어떤 말들은 긴 세월에 눌리고 깎여 반짝이는 보석이 되기도 하더라.

아직 내 안에 자리 잡고 있었는지도 몰랐던 그 말들이 예상치 못했던, 그렇지만 적절한 순간에 문득 마음 한 구석에서 빛을 낸다. 그 반짝임으로 나를 안아 준다.

그 돌멩이를 던진 사람은 더 이상 곁에 없어도.

새벽부터 내리는 빗소리에 잠에서 깼다.

가만히 창문을 열고 빗소리를 듣는다.

계속 듣는다.

어둡고 고요한 나의 방이 빗소리로 가득 차도록 둔다.

어쩌면 나는 누군가의 위로가 필요했는지도 모르겠다.

그대여, 살아 있는 동안 빛나라.

그대여, 결코 슬퍼하지 말아라.

인생은 찰나와도 같으며,

시간은 마지막을 향해 달려갈 테니.

- 세이킬로스의 노래 -

(기원전 1세기경, 죽은 아내의 묘비에 새겨진 세상에서 가장

오래된 노래)

어디든 그냥 비가 많이 오는 곳으로 가자고.

마룻바닥에 누우면 빗소리가 크게 들리는,

나무로 만든 집이 있는 나라로 떠나자고.

거기서 온종일 빗소리나 실컷 듣자고.

내가 비를 좋아하니까.

너는 비를 좋아하는 나를 좋아했으니까.

비가 그친 뒤 숲길을 걸었다.

곳곳에 물웅덩이들이 생겼다.

잠깐 서서 물웅덩이를 들여다보았다. 예뻤다.

'보잘것없는 작은 물웅덩이도 햇살이 머무는 동안은 그 크기만큼의 반짝임을 품을 수 있구나.'

오늘은 날씨가 개기를.

그대 마음의 웅덩이에도 햇살이 깃들기를.

늘 반복되는 특별할 것 하나 없는 하루 같아도, 보세요.

당신 머리 위로

어제와는 다른 구름이 떠 있을 거예요.

어제와는 다른 오늘이에요.

지윤: 시간이 있으면 돈이 없고

　　　돈이 있으면 시간이 없다고 하던데

　　　우선 돈이 있고 시간이 없는 쪽을 경험해 봐야

　　　알 수 있을 거 같아.

슬기: 나는 시간도 없고, 돈도 없어. 뭐야, 우리.

산 중턱 안개를 끼워 작품을 만들어 주는 경치.

주인공은 나라고 외치듯 번쩍이며 떠오르는 해.

그 아래 오랫동안 머물러 준 시골집의 냄새.

전하지 못한 편지들이 있다.

그때 조금만 더 용기 내 볼걸.

아니야, 그때 보내지 않아서 다행이다.

오늘은 미리 웃고 시작해야지.
오고 있는 행복을 맞이하려고.

노력하지 않아도 사랑이 가득 채워지면 좋겠다.

푸르게 번지는 여름 사이

구름결 차오르는 하늘이 참 예쁘다.

칭찬이 묻은 대화들 속에서

나도 몰랐던 나를 발견하게 해 주는

친구가 있어 감사를 배운다.

너는 나의 별이야.

칠흑 같은 어둠 속 스스로 빛을 내는 항성이야.

추운 겨울 끝에 따스한 봄이 찾아올 거라던

우리의 노래처럼

내 마음에 다시 봄이 온다면

그것은 네가 보내 주는 변함없는 그 온기 때문일 거야.

아휴, 앞으로 30년이나 대출을 갚아야 한대.

내 한 몸 누일 몇 평 공간을 마련하는 것이 이렇게나 힘든 세상인데, 너는 어떻게 그리 선뜻 내가 들어갈 마음의 자리를 내어 준 거야? 너의 따뜻한 말들이, 웃음이, 지붕이 되고 벽이 되어 나는 그곳에서 시시때때로 비바람을 피할 수가 있었어.

고마워, 네가 나의 디딤돌이고, 보금자리고, 버팀목이야.

라일락의 꽃말은 젊은 날의 추억이래.

우리의 젊은 날이 바람에 흩날려 사라지고

이파리만 남은 등나무 벤치에도

추억은 오래도록 머물며 그늘이 되어 줄 거야.

또다시 라일락 꽃향기가

바람에 실려 오는 계절이면 너를 생각할게.

네가 나의 젊은 날이니까.

수많은 꽃 중에

좋아하는 꽃은 찾지 않아도 눈에 보여.

수많은 사람 중에

우리가 서로를 봤던 것처럼.

오늘 당신의 하늘에는 어떤 구름이 떠 있나요?

Epilogue

책을 쓰려고 책상에 앉았지만 내 글재주 부족으로 독자들의 시간을 아깝게 만드는 것은 아닌지 걱정이 되었다. 그러다 나는 잘 쓰는 척 꾸미려 하지 말고 그냥 내가 쓸 수 있는 글을 쓰자고 다짐하고 조심스레 글을 써 내려갔다. 그러다 막힐 때면 펜보다는 좀 더 친근한 도구인 카메라를 들고 종이의 빈 공간을 채워 나갔다. 나의 시선이 담긴 사진을 바라본다는 건 결국 나와 같은 곳을 바라보는 것이기에 어쩌면 누군가는 그 시선 속에서 나를 읽어 주지 않을까?

다방면으로 경험이 많은 슬기 언니와 함께해서 즐겁게 배우며 작업할 수 있었다. 이 책을 여기까지 읽은 분들의 입가에 옅은 미소라도 지어졌길 바라며, 가벼운 마음으로 마침표를 찍어 보려 한다.

2023년 10월, 지윤

글을 쓰려 책상에 앉는 지윤이와 달리 나는 주로 누워서 핸드폰 메모장에 글을 썼다. 드러누우면 구름은 보이지 않고 낮은 천장만 보이는 침대에서 나는 구름을 보려 애썼다. "네 자신이 되어라. 다른 사람은 이미 많으니까."라는 오스카 와일드의 말을 빌려 그냥 나다운 글을 쓰자고 지윤이에게 말은 했지만, 사실 그 '나답게'라는 것이 사실 얼마나 어려운 것인가. 하지만 글을 쓰며 알게 된 것이 있다. 내면을 들여다보며 나다움을 찾고자 노력했지만 아이러니하게도 내가 찾던 나는 내 안에 있기보다는 나를 둘러싼 자연과 내가 걷는 길과 내 머리 위의 구름과 내 옆에 있는 사람들 속에 있었다. 이 글을 읽으시는 분들이 우리에 대해 기억해 주시길 원치 않는다. 그저 여기 담은 글과 노래, 사진을 통해서 내가 그랬듯, 스스로를 바라보는 시간이 되신다면 좋겠다. '윤슬로'의 두 멤버의 마음을 모아 소중한 가족과 친구들, 우리의 노래와 책이 세상에 나오기까지 도와주신 여러 손길들(원욱 쌤과 여러 뮤지션분들, 이미 나보다 훨씬 훌륭한 뮤지션인 제자들, 그리로 뜻깊은 기회를 마련해 주신 세종시 문화관광재단의 대중음악팀에 감사를 전한다.

2023년 10월 슬기

구름꽂이

1판 1쇄 발행 2023년 11월 27일

지은이 최슬기, 이지윤

교정 주현강 편집 이새희
마케팅·지원 김혜지

펴낸곳 (주)하움출판사 펴낸이 문현광

이메일 haum1000@naver.com 홈페이지 haum.kr
블로그 blog.naver.com/haum1000 인스타 @haum1007

ISBN 979-11-6440-463-6 (03810)